第3式
月見草平
絵・水沢深森
Souhei Tsukimi
JN264239

そして勇者・輝《か》夜《ぐ》真《や》央《ま》は新たなる冒険を求めけわしい道をゆくのだった……

ぐいっ!!

引っ張りすぎだろおオオオォォ!

だいたい俺配役すらもらえてないじゃん! これで進める気かよ!

ふるっ
ふるっ
わめくな村人
村人!?

村人ってアレだろ3パターンくらいしか喋ることないやつじゃん! ふざけんな!!

問題ないお前の突っ込みパターンはだいたい3パターンだ
泣いていい!?

大丈夫です! 錦織《にしきおり》くんはもっとハラグロ…と言うかキャラ立ちを意識すればまだまだいけますよ!

ガーン!!

あいふぉん…実は一番クロい!?

とにかく!!!

必要なてごま……
そして聖剣……
条件は全てそろった
六道《りくどう》のボケのターン少ないよう
次に必要なのは！
私と同等…いや
それ以上のチカラを持つ
ビッ
強力な敵《エネミー》！
エ・ネ・ミーって…
ルビを使って言うほどの……？
ハイハーイ!!
なんなら六道やりますー
バタッ
シャキ
それは私よ
輝夜真央！

Mai Gotoh
Miki Matsushima

私が正義のもとにあなたを倒す!!!

Ai Yonekura
Kaname Rikudoh

Mao Kaguya

もくじ

かぐや魔王式《まおしき》！第3式

月見草平

MF文庫J

口絵・本文イラスト●水沢深森

1 魔王とメイドとメディアジャック

夏が続いている——。

「相変わらず、あっちい」

廊下《ろうか》を歩きながら、錦織貴《にしきおりたかし》は額《ひたい》の汗をハンカチで拭《ぬぐ》った。

夏休みも残り二週間。そろそろ暑さの盛《さか》りは過ぎたはずだが、午後の日差しに焼かれた紫苑高校《しおんこうこう》の校舎は、未《いま》だ酷《ひど》い暑気《しょき》に包まれている。

「ってか、やっぱ呼び出しあったなあ」

ハア、とため息をつく。

輝夜真央《かぐやまお》から久々の招集命令。魔王女《まおうおんな》にそんな常識があったことが驚《おどろ》きだったのだが、世間と同じようにお盆《ぼん》前後の数日間、「新世界構築活動《しんせかいこうちく》」もお休みだったのだ。

「今度はなにを言い出すことやら……」

「異能力者《いのうりょくしゃ》」に続いて「聖剣《せいけん》」ときて、次はどうくるか。考えるだけで錦織の気は重くなる。

　ただし、嬉《うれ》しいニュースもある。今回から活動に米倉愛《よねくらあい》が加わるのだ。魔王からの召集《しょうしゅう》のメールの直後に、米倉からも「今日からよろしくお願いします」と、届いていた。

　米倉と一緒なら輝夜真央《かぐやまお》のデンパ的トークだって楽しく聞き流せるかもしれない。そんな儚《はかな》い希望を抱きながら、錦織《にしきおり》は生物資料室の奥にある通称「秘密基地《ひみつきち》」へ向かう。

　生物資料室の前。いつもしているように周囲を警戒《けいかい》しながら中へ入る。その途端、奥から声が聞こえた。

「今の音、錦織くんじゃない？　あいふぉん、早く早く」

「あ、あうあう……。かなめ、分かっていますから。焦らせないでください」

　錦織は首を傾《かし》げて秘密基地の扉へ近づいていく。

「あ――。入ってもいいかあ――？」

「ああ。問題ない」

　輝夜の声だ。

「ダメです！」

「今の閣下《かっか》の発言、嘘《うそ》。入っちゃダメだよ――。あいふぉん、今、あられもない姿だから。文字どおりセクシー・アイ状態だよ」

「あうあう……。と、とにかく、錦織くん。まだ入ってくるのはダメです」

「お、おう」

着替えでもしているのだろう。錦織はできるだけクールに返事をした。

（米倉のあられもない姿……）

お泊まり会の時のお風呂《ふろ》イベントをどうしても思い出してしまう。脳裏《のうり》に浮かぶ米倉の発育のよい裸体が、錦織の心臓をいやでも高鳴らせる。

ややあって、
六道《りくどう》の声が聞こえた。

「おお――。あいふぉん、可愛《かわい》いよ、あいふぉん！」

「あの、この格好、ちょっと恥ずかしいのですが……」

（恥ずかしい格好？）

錦織はさらに首を傾げる。

「あ――、で、オレは入っていいのか？」

「うん、いいよね？　あいふぉん」

「恥ずかしいですが、格好としては問題ありません」

「いいって。じゃあ、心の準備ができたら入ってきて」

「心の準備が必要なのか？」

錦織は言われたとおり深呼吸《しんこきゅう》を一度して、それからゆっくりと扉を開いた。

「ジャジャ――ン」

目の前に六道《りくどう》が立っていた。全体的に黒っぽい格好。黒いワンピースに白のフリルエプロン。エプロンは胸《むね》の下で縛るデザイン。頭《あたま》にはお約束のカチューシャ。いわゆるメイド服と呼ばれる服装だ。

「うおっ！」

錦織《にしきおり》は仰《の》け反《ぞ》りながら秘密基地《ひみつきち》内を見回す。黒装束《くろしょうぞく》が他《ほか》にも二人いた。輝夜《かぐや》と米倉《よねくら》だ。米倉は赤らめた顔を下に向けて突っ立っていて、輝夜はいつものパイプ椅子《いす》に腰掛《こしか》けてフリップボードになにか書いていた。

「どうなってんだ？　何革命《かくめい》が起きたんだ⁉」

「あいふぉん、見て！　錦織くんが……、錦織くんが興奮《こうふん》してる！　やっぱ好きなんだ、こういう服が。狙いどおりだよ！」

「どういう狙いだよ！」

「錦織くん……。かなめが言っていたこと、本当だったんですね……」

「本気で残念そうな顔⁉　ってか、六道、米倉になに吹きこんだんだよ！」

「いや、なにって。ただ真実を」

「どんな真実だよ！」

「錦織くんはクールぶってるけど――」

「クールぶってんじゃないよ！　事実、オレはクールなんだよ⁉」

「クールぶってるけど……、実は嗜好《しこう》がマニアック」

「ノォ――――！」

錦織《にしきおり》は頭《あたま》を抱えた。

「なんでそうなるんだよ！」

「閣下《かっか》のスクール水着を見て興奮《こうふん》していたし」

「だから興奮してない！　ってか、誰《だれ》だって部屋でクラスメイトがスクール水着姿で立っていたら興奮するだろ！」

「興奮してるじゃん」

「いや、だからその興奮はエキサイティングの意味であって、つまりその……性的な意味で興奮しているという趣旨《しゅし》じゃない！」

「まあ、あいふぉん、聞きまして。性的ですって」

「ちょっと、ドキドキしますね」

振られた米倉《よねくら》がテレテレしながら答えていた。

「お前らなぁ……」

錦織は言い返そうと開いた口を閉じると、いつものパイプ椅子《いす》に不満そうな様子で腰掛《こしか》けた。輝夜《かぐや》の方を向く。

「で、本当はなんなの？　なんでそんな格好してんの？　まさかリアルでオレの嗜好をチエックしてるんじゃないよな？」

輝夜がフリップボードから顔を上げた。その反動で頭の上に適当に載せていたカチューシャが半分ほどズレる。

「制服だ」

カチューシャを戻しながら輝夜は真顔で言う。

「制服には違いないな。一部の喫茶店《きっさてん》で採用されているし」

「いや我々《われわれ》の制服を定めようと考えているのだ」

「……意義《いぎ》と目的を聞かせてくれ」

「将来的に我々の仲間はどんどん増えていく。その時、街中で出会ってもすぐに仲間と識別できるようにだ」

「その格好で出歩くつもりか？」

「盆《ぼん》休みに入る前だったたか。サイクロンに制服選定の特命《とくめい》を与えたのだ。この格好に決まったわけじゃない。まだ選定途中だ」

「やっぱり選んだのはお前か、六道《りくどう》」

錦織は自分のコメカミをグリグリと親指で押さえた。

「うん、そうだよ。だって可愛《かわい》いじゃん」

コロコロと笑う六道。衣装はレンタルショップから借りてきたらしい。

「可愛《かわい》いかどうかは別としてだな、オレはどうすんだよ。オレも着るのかその制服」

「その案も捨てがたいけど……錦織《にしきおり》くんにはこれ！」

六道《りくどう》が机を四つ並べて作ったテーブルの上に、ジャンと衣装一式を置いた。黒い燕尾服《えんびふく》のようなジャケットにベスト、同じ黒いズボン、黒いネクタイ……黒黒黒。

「お約束かよ！」

「コードネームもハラグロだし、まさしくクロ執事だねっ！」

「いや、まさしくって言われても。ってか、こんな蒸し暑い部屋でそんな暑苦しい服を着させるつもりか？」

「じゃあ半ズボンにサスペンダーにする？」

「お前はオレになにを期待してるんだ？」

やるせなさそうに首を振る。

「オレはこの制服案には反対だな。機能性が低いし、大体、街中で目立ちすぎる。オレたちの活動は極秘《ごくひ》活動のことも多いんだ。目立つのはNG。そうだろう？」

「もう、錦織くんったら無理しちゃって。あいふぉんを見ても同じことを言えるかなあ？」

「ちょっ、かなめ」

六道が腕《うで》を引っ張って、米倉《よねくら》を錦織の目の前まで連れてくる。

「うっ」

座っている位置の関係上、錦織の目の前に米倉の胸《むね》が来る。ただでさえ発育がよいのに、エプロンで上げて寄せられて大変なボリューム感になっていた。それはまさに、たわわに実った果物《くだもの》が枝からぶら下がっているような感じで、そろそろ収穫《しゅうかく》の時期じゃなかろうかと、よく分からない心配が湧《わ》いてくるほどだ。

「フフフ、圧巻《あっかん》でしょ。これがこの制服のスゴイところなの」

「だから、なんでいつもお前が得意げなんだよ。ってか、お前……」

六道を見て、錦織は愕然《がくぜん》と瞳《ひとみ》を見開いた。

「にゃ？」

「いや。０は何倍にしても０なんだな……」

「にゃにゃっ？」

六道は錦織の視線の先を追っていくようにして、自分の胸元《むなもと》に至る。

「……」

「……」

「酷《ひど》い！　これでもメカニックが腕によりをかけてセッティングしたのに！」

「六道、ガンバッ！」

「いつの間にか形勢逆転《けいせいぎゃくてん》!?」

バカ話をしていると、輝夜《かぐや》が静かに立ち上がった。

「制服をどうするかについては、よく検討《けんとう》した上で後日、私が判断を下す。これより、本日の『新世界構築会議《しんせかいこうちくかいぎ》』を始める。全員、席につくように」

六道《りくどう》、米倉《よねくら》が席につくと、輝夜《かぐや》は再びズリ落ちそうになったカチューシャをチョコンと頭《あたま》の上に戻して秘密基地《ひみつきち》を見回す。真剣な表情で腰《こし》に手を当てているが、いかんせんフリフリレースいっぱいの格好のせいで様《さま》になっていない。米倉ほどではないが、エプロンでいつもより強調された胸《むね》に目がいってしまい、錦織《にしきおり》は不覚にもドキリとした。

「諸君《しょくん》。この夏休みに、我々《われわれ》は大きな飛躍《ひやく》を遂げた。『新世界を構築』するための片道切符を手にいれた」

輝夜は握りしめた右拳《みぎこぶし》を振り上げた。

「片道切符？」

「そうだ。極秘事項《ごくひじこう》なので一部のメンバーしか知らないが、私は新世界の王になる権利を手中に収めている。詳細《しょうさい》は時期がくれば全メンバーに説明することになるだろう」

「はあ、なるほどぉ」

六道と米倉が目配せし合う。輝夜の言う片道切符とか権利とかが指すのは、錦織謹製《きんせい》の「聖剣《せいけん》」のことである。現在のところ、輝夜が「聖剣」を入手したことを知っているのは錦織だけ、ということになっているのだ。ちなみに、その、色を塗っただけの木刀《ぼくとう》が突然光った謎《なぞ》は未《いま》だ解けていない。

「しかし！」

机を叩《たた》く。

「だからといって私は、座して待つだけで『新世界を構築』できるとは思っていない。大いなる目的を実現できるのは、努力を続ける者だけだからだ」

いっそ「聖剣」の力を信じて、活動を休止してくれる方が錦織的にはありがたかった。

「そしてもう一つ、この夏、我々には重大な変化があった。新たな仲間が加わった」

輝夜は米倉に目を向けた。

「セクシー・アイ。今後の我々の活動を、バックアップするはずだ」

米倉はまだコードネームに慣れていないのか、上気《じょうき》した顔を俯《うつむ》けていた。

「当面はこのメンバーで『新世界構築活動』を進めていく予定だ。しかし……、新たな世界を作るということは、王とその部下だけでなされるものではない」

一枚目のフリップボードを立てる。

『シンパ』

という文字が書かれていた。

「シンパ――。つまり、我々の活動に同調して援助する協力者が必要なのだ。次に我々がやるべきは、シンパシーを集めることだ」

「なあ輝夜、いや、閣下《かっか》……」

錦織《にしきおり》が口を挟んだ。

「なんだ？」

「いつも作戦を立てる目的とかプロセスだけは、普通でまともだよなあ、と」

「むむっ。実際に立てる作戦だって、いつも普通でまともだぞ」

輝夜《かぐや》は唇《くちびる》を蛙《かえる》のように尖《とが》らせる。

「だといいんだけどな……」

「他《ほか》になにか質問がある者は？」

「仲間とシンパの具体的な違いはなんですか？」

静かに挙手したのは米倉《よねくら》だ。

「いい質問だ、セクシー。仲間は『新世界の構築』をするため、積極的に活動する人間だ。シンパは我々《われわれ》の活動を支持したり協力はするが、活動自体には参加しない点で異なる」

「なるほど」

「『シンパ』を増やすために、私は今まで学校や公共の場で『新世界構築《しんせかいこうちく》』の必要性を説明してきた。説明には分かりやすいようにフリップボードを使用した。だが同調者は一人もいなかった。なぜか？」

「言ってることがデンパだから」

錦織は小声でボソッと呟《つぶや》いた。

「それは学校内にしてもプールにしても、アピールする相手の母体数が少ない上、集まっている人間の層が偏っているからではないか？　もっと大勢の人間に同時に私の考えを伝えることができればよいのではないか？　と私は思うのだ」

ピクピク、と錦織は鼻《はな》を動かした。話がそろそろきな臭くなってきた。

「そこで考えたのがマスメディアの利用だ。近世、マスメディアによるプロパガンダなくして、世界中のいかなる政治的活動も成功した例はない」

輝夜が二枚目のフリップボードを出した。『マスメディアの利用』と書かれている。

「マスメディアというと具体的にはなんだ？」

「テレビかラジオだな」

「電波に乗せてデンパを発信するつもりか……」

コメカミの辺りがジンジンと痛み始めた。

「でも、どうやってテレビを利用するのですか？　テレビにしてもラジオにしても、政治的な主張をすることにはなんらかの制限があると思うのですが……」

米倉から至極常識的なツッコミが入る。輝夜がフッと笑う。

「そこでメディアジャック！」

「メディアジャック!?」

三人が同時に叫んだ。

「簡単に言うとテレビチャンネルを一つ乗っ取る」

「どうやってすんだよ、そんなこと⁉」

「なに、方法はいくらでもある」

「例えば⁉」

「テレビ局を占拠《せんきょ》するとか」

「クーデターかよ！　ってか、メディアジャックとか、そんなことをやったら高校生でも冗談じゃすまないぞ」

「そうか？　私はテレビで著名人がやっているのを見たことがあるぞ」

「あれは仕込みだっつーの。オレたちが同じことをしたら、即刻警察《そっこくけいさつ》に補導《ほどう》されて停学。下手《へた》をしたら退学だ。オレは絶対《ぜったい》に反対！」

「むむっ。またもやハラグロは反対か」

輝夜《かぐや》は眉間《みけん》に皺《しわ》を寄せた。

「ネットを利用するとか、もっと他《ほか》の方法で宣伝できるだろう？」

「いや、私はどうしてもテレビを活用したい」

「絶対に無理だ！」

「これは決定事項だ！」

「じゃあ、閣下《かっか》が一人でしろよ！」

今回ばかりは錦織《にしきおり》も必死だ。「異能力者《いのうりょくしゃ》」も「聖剣《せいけん》」も同じくらい突拍子のないことだが、なんとか内輪《うちわ》ですませてきた。だが、メディアジャックなんて大それたこととなるともうフォローのしようがない。

「貴様、参謀《さんぼう》のくせに私に歯向《はむ》かうつもりか」

「歯向かうさ。ああ、歯向かうとも」

「お前、もしかして反抗期なのか？」

「違うわいっ！　無謀な命令に反対するのも参謀の役目だろ!?」

「ハラグロ、どうしても私に反抗するというなら私にも考えがあるぞ」

「で、できるもんならやってみろ」

輝夜の脅迫《きょうはく》するような低い声に怯《ひる》みながらも、錦織は輝夜を睨《にら》み返す。

「まあまあまあ」

両手を広げた六道《りくどう》が、錦織と輝夜の間に割って入ってきた。

「二人とも落ち着いて、落ち着いて」

「「オレは（私は）落ち着いている！」」

二人の声が重なった。

「シンクロニシティ!?　まあまあ、仲のおよろしいこと」

六道は口に手を当ててニョロロン、と笑う。

「とにかくこの六道《りくどう》の話を聞きなせえ」

「また突然の、いなせな口調かよ」

「閣下《かっか》はテレビに出演して宣伝がしたい。錦織《にしきおり》くんはあんまり目立つことをして、退学になりたくない……。この二つを両立する方法があるんじゃん？」

六道は輝夜《かぐや》と錦織を交互に見た。

「それは……」

「……確かに」

「閣下も目的さえ果たすことができれば、その方法はなんでもいいし、錦織くんも犯罪にならないようにするなら別に問題ないよね？　じゃあ、それをこれから探そうよ」

「うっ」

錦織は喉《のど》を押さえた。急に呼吸《こきゅう》が苦しくなった。

「ど、どうしたの錦織くん。なぜ今のタイミングで喘息《ぜんそく》が!?」

「いや、おバカキャラの六道に正論《せいろん》で仲裁《ちゅうさい》されたのがプチ屈辱《くつじょく》でプチ喘息」

「ぶう――――――――――――――――」

「まあ、メンゴメンゴ」

錦織は謝りながら不満そうに大きく膨《ふく》らませた六道の頰《ほお》を、人差し指の先でプニッとやる。プシュ――と、口から中の空気が抜けていった。

「じゃあ閣下。テレビジャックをもうちょっと平和的にやる方法を考えようぜ」

「よかろう。では、なにかよいアイディアがある者は？」

「はい」

再び米倉《よねくら》が挙手する。

「街頭でやっているテレビの生中継《なまちゅうけい》の場所を特定して、その後ろでアピールするというのは？」

「あいふぉん、それって後ろの方でピースやってる中学生と同じジャン」

「ですが、平和的です」

「だが私はカメラの主人公になりたいのだ」

「う――ん、主人公にですか。となると難しいですね」

「う――ん」

米倉が腕《うで》を組んで考え始めたので、錦織も釣られて腕を組む。

ハッ――と、我に返る。「新世界構築会議《しんせかいこうちくかいぎ》」が、いつになくまともな会議っぽくなっていることに気がついた。

(これが米倉参加の効果……。いわば、セクシー効果！)

そもそもの目的がトチ狂っているのでまともになったところで有意義《ゆうぃぎ》とは言えないが、輝夜のデンパに錦織がツッコミを入れるだけの不毛な会議よりはずっと生産的だ。米倉が加わってよかったと、錦織《にしきおり》は改めて思う。

「よしっ」

しばらく沈黙の時間が流れた後、輝夜《かぐや》がボソリと呟《つぶや》いて立ち上がった。そして、突然フリルエプロンを脱ぎ始めた。

「なんでいきなり脱ぎ始めるんだよ！」

「ここで考えていても、いいアイディアは浮かばない。現地調査に行く」

「って、どこに⁉」

「もちろんテレビ局だ」

「テレビ局？　お台場《だいば》？　赤坂《あかさか》？」

六道《りくどう》が弾むような声を上げた。

「お前たちもさっさと着替えろ。すぐに出発するぞ！」

六道や米倉《よねくら》の服を無理にでも脱がしそうな勢いで輝夜が叫ぶので、錦織はそそくさと秘《ひ》密基地《みっきち》から退出していった。

☆

「まあ、確かにテレビ局には違いないな」

錦織がポツリと呟いた。

紫苑高校《しおんこうこう》からバスで二十分ぐらいの市街地。市役所や法務局《ほうむきょく》等の公共の建物が集中しているエリアの一角にある五階建てのビルの前に来ていた。

建物の玄関に掲《かか》げられた「○△ケーブルメディア」と書かれた看板。この地区一帯にケーブル放送を提供《ていきょう》している地元のケーブルテレビ会社である。

「一応、ローカル番組を制作して放送していますしね」

「以前から目をつけていたのだ」

輝夜が得意そうな顔をしていた。

「まあ確かに。ここなら比較的実現性は高いだろうが……、その前に一つ教えてくれ。学校を出る時から敢えて今までツッコまなかったんだが、なんでそれ、つけたままなんだ？」

「ああ、これか？」

輝夜は頭《あたま》のカチューシャに触れる。メイド服の付属品《ふぞくひん》だったモノ。制服に着替えたのに、カチューシャだけは装着したままにしているのだ。バスの中で何度もズリ落ちそうになるのをしきりに直そうとしていたのを、錦織は後方から見ていてもどかしかった。

「これはいいモノだ」

またチョコンと位置を直す。

「閣下《かっか》って男っぽい性格の割に、意外とカワイイ好きだよね。リボンだって可愛《かわい》いし」

「それは誤解だ。私がこれを気に入ったのは、いつか頭《あたま》に戴《いただ》くことになるであろう王冠のようだからだ」

輝夜《かぐや》はポーッと夢見る少女のような顔をしてみせた。

「つまり、被《かぶ》りモノが好きなんだ」

「そういう括《くく》りもどうかと思うが……で、どうすんだ、これから？」

「そうだな。どうやってメディアジャックするにしても、局の構造は掴《つか》んでおく必要がある。まずは中に入ってそれを調べるというのはどうだ？」

「それは正論《せいろん》だが、どうやって中に入るんだ？」

錦織《にしきおり》は建物の正面玄関に目を向ける。恰幅《かっぷく》のいいガードマンが置物のようにジッと立っている。

「関係者を装えば通してくれるだろう」

「どうやればセーラー服にカチューシャ姿で関係者を装えるんだ？」

「そんなもの、やってみないと分からないだろう？　よし、行くぞ。強行突破だ」

「いや、ちょっと待てって」

玄関へ向かって行きそうな輝夜の腕《うで》を掴む。

「むっ、なぜ邪魔をする！」

「強行突破しようとしたら、警察《けいさつ》に突き出されるぞ。もうちょっとスマートな方法があるだろ?」

「例えば?」

「いや、例えばさあ……」

錦織はケーブルテレビ会社のビルの周囲を見回す。簡単に中へ侵入できる裏口のようなモノを探してみるが、それらしいモノはない。だがここでなにか言わなければ、輝夜は錦織の腕を振り切ってガードマンに突撃するだろう。

と、錦織は、道路を挟んだビルの反対側の歩道で、真っ赤なのぼりがはためいていることに気がついた。「新発売・激辛《げきから》照り焼きバーガー」と書かれたのぼりの向こうには、大手ハンバーガーチェーンの店舗《てんぽ》がある。

「メ、メディアジャックの方法自体も含めてさ、もっと、その、スマートな方法をあそこで考える……、ってのはどうだ?」

「あそこぉ?」

不審《ふしん》そうな声を上げながら、輝夜は錦織が指差した方向を見る。

体がピタリと硬直《こうちょく》する。たちまち半開きになった口からヨダレが垂れてきた。

「ハラグロ……」

「おう」

「お前も時にはよい策を献《けん》じるようになったな」

顔がピカピカと輝いていた。

ケーブルテレビ会社のビルが望める、二階の窓際の席を四人で囲んでブレイクすることになった。

「ふふふ。うふふふふ」

トレイに山積みになったハンバーガーを前に、輝夜《かぐや》が笑いを漏《も》らす。

「いただきます」

丁寧に合掌すると、「激辛《げきから》照り焼きバーガー」の包装紙《ほうそうし》を開いてハムと噛《か》みついた。

「むむ、これは……。美味《うま》い！」

トマトケチャップなのかタバスコなのか分からないが、赤いソースを唇《くちびる》につけてそう言って微笑《ほほえ》んだ。そのままファーストフード店のコマーシャルに使ってもらえそうなぐらいの満面の笑みである。

「で、どうすっかなあ」

早くも飲みきってしまったSサイズのアイスコーヒーの氷をストローで突きながら、錦《にしき》織《おり》は目の前の米倉《よねくら》に目をやる。米倉はまじめに考えこむように、口をキュッと結んでいた。

「そうですねえ」

「やっぱローカルなケーブルテレビといっても、番組を穏便《おんびん》にジャックするのは難しいんじゃないか？　局に入ることすらできないのにジャックなんてさ」

「となると、やっぱり外でやっている生放送で映してもらうしかないですね」

「それはそれで難しいことだと思うけどな」

「ですねえ」

「う――ん」

お互い腕《うで》を組む。共にクラス委員をしているからか、米倉が真剣に考え始めると自然と一緒に考えてしまう錦織である。

「閣下《かっか》、それ、名前のとおり辛い？」

隣の六道《りくどう》が輝夜に話しかけていた。

「うむ、辛い。だが、この辛さがトマトの酸味《さんみ》と絶妙にバランスして美味《おい》しいのだ」

「ふ――ん。ちょっと端っこの方、食べてもいい？」

「問題ない」

「うわっ、辛！　ヒ――――ッ。水、水を――――！　ワーター！」

横で叫んでいる六道を見て、錦織のコメカミに血管が浮き立った。

「六道、お前も少しは考えろよ。そんなんじゃ、サイクロンなどという大層なあだ名に恥ずかしいだろう？」

「いやサイクロンは清掃能力《せいそうのうりょく》の高さを示してるだけだし。考えたりするのはちょっと……」

「最初から諦《あきら》めかよ！」

「あっ、いい作戦あるよ。紫苑高校《しおんこうこう》に通ってる生徒の中で、テレビ会社に関係している人にお願いして、閣下《かっか》の番組を放送してもらうんだよ」

「テレビ会社に関係している人って……都合よくそんなのがいたら苦労しないぞ」

「意外といるんじゃない？　ほら、あそこにも」

六道《りくどう》が窓の外を指差す。

「あっ」

思わず錦織《にしきおり》は声を上げた。紫苑高校の制服姿の生徒が、ケーブルテレビ会社の玄関へ向かっている。ウエーブのかかった、明るい色の長い髪《かみ》の女の子だ。

「あれ、松島美紀《まつしまみき》さんじゃないですか？」

「松島って……もしかして、生徒会長!?」

錦織は改めて女の子の背中《せなか》を見やる。確かにその後ろ姿は、記憶にある紫苑高校第四十八代生徒会長・松島美紀のものと一致していた。

「ホントだ。スタタタ先輩だね」

「スタタタ先輩？」

「いつもスタタタって素早い動きで歩いているから、ついたあだ名だよ」

「最上級生の先輩に、それはちょっと失礼じゃないか？」

美紀は顔パスで警備員《けいびいん》の横を通過して、そのまま建物の中へ入っていく。

「そういえば、美紀さんのお父様《さま》かお爺様《じいさま》が、ケーブルテレビ会社のオーナーをされていると聞いたことがあります。ここだったんですね」

「なに？　テレビ関係者が学校にいたのか？」

輝夜《かぐや》もハンバーガーを片手に、米倉《よねくら》の方へ身を乗り出す。

「だったら話は早い。その娘に私の独占テレビ番組を制作するよう命令すればよいのだ」

「どうやって？」

「弱みを握るなり、なんなりすればいい」

「弱みがあるとは限らないぞ」

「どうかな。人間、叩《たた》けば誰《だれ》でも埃《ほこり》の一つや二つは出てくるもんだ」

錦織、六道、米倉の三人は同時に「うっ」という顔をした。

「頼む。生徒会長といいざこざを起こすのだけはやめてくれ……」

「なんで？　錦織くんって生徒会となんか関係あったっけ？」

六道が不思議そうな顔をする。

「いや、ない。だが、これから大きく関係する予定なんだ。オレには、学校の頂点に立って明日《あす》の紫苑高校を支配するという偉大《いだい》な目標があるからな」

錦織は前髪をハラリと掻《か》き上げた。

「スゴイ！　かなり恥ずい台詞《せりふ》を臆面《おくめん》もなく言い切った」

「なんと言われようが、生徒会長にオレはなる！」

拳《こぶし》を握りしめる錦織《にしきおり》に、輝夜《かぐや》は糸のように細めた瞳《ひとみ》を向ける。

「ダメだ。他《ほか》に案がない限りその松島某《まつしまなにがし》を利用する。それがいやならテレビ局占拠《せんきょ》だ」

「ううっ……。イヤすぎる二択だ……。なにかもっといい、代案はないか？」

関係者を利用することもなく、誰《だれ》にも迷惑をかけず、平穏無事にチャンネルを一つ独占する方法。考えれば考えるほど、ありそうにない。

「よしっ、六道《りくどう》、決めた！」

「どうした、なんかいいアイディアでも浮かんだのか？」

いきなり立ち上がった六道を、錦織は期待をこめた眼《め》で見上げた。

「ううん。六道も激辛《げきから》照り焼きバーガーを食べることにしました。実は六道、辛いモノに目がないのです」

「さっさと買いに行ってこい。でもって、もう帰ってこなくていいぞ」

「ラジャー！　目標物を手に入れ次第、速《すみ》やかに帰還いたします！」

敬礼《けいれい》すると回れ右して階段を下りていく。そしてその言葉どおり、ものの三分ぐらいで「激辛照り焼きバーガー」を載せたトレイを持って戻ってきた。

「下でいいモノ見つけちゃった。えへへへへ」

六道は椅子《いす》に座ると、一枚のビラのような紙を錦織の鼻先《はなさき》にチラつかせた。

「錦織くん。一緒にこれに参加しようよ」

「はっ？」

ビラに不審《ふしん》の目を向ける。安っぽい黄色地の紙に、黒い文字で『第一回漫才甲子園《まんざいこうしえん》・参加者募集中！』と書かれている。

地元の高校生を集めて行う漫才大会らしい。主催《しゅさい》はすぐ横のケーブルテレビ局。場所が近いので、宣伝用のチラシをハンバーガーショップに置かせてもらったのだろう。

「オレに漫才をしろと？」

「スゴイでしょ。本選は遊園地で生中継《なまちゅうけい》されるんだよ」

「却下だな。漫才なんかしたら、オレのクールなイメージが崩れる」

「ええ――。一緒にお笑い界の松坂を目指そうよ」

「六道、ちょっと顔を貸せ」

「ん？　ほいっ」

突き出した六道の顔を、錦織が両手でガッチリ掴《つか》む。

「オレたちが真剣にメディアジャックの方法を考えている時に、漫才大会に出ようなんて言うヤツは、グリグリしてやる！」

「らめ――――――――――――」

錦織《にしきおり》が六道《りくどう》のコメカミを親指でグリグリし始めようとした時、

「これだわっ」

チラシを覗《のぞ》きこんでいた米倉《よねくら》が小さく叫んだ。

「？？」

「もしかして、あいふぉん、漫才《まんざい》大会に出たくなった？」

「そうじゃなくて、この漫才大会、本選は遊園地から生中継《なまちゅうけい》と書いてありますよね」

「そうみたいだな」

「これを利用したら、平和的にテレビジャックできるんじゃないかと。さっき学校で錦織くんは言ってました。テレビ番組で実際にあるメディアジャックは全部仕込みだって」

「あっ、そういうことか」

錦織はヒュウっと口笛を吹く。

「えっ？　どういうこと？？」

「なるほど。それはよさそうな作戦だな」

輝夜《かぐや》も腕《うで》を組んで頷《うなず》いていた。

「あれっ、あれあれ？　もしかして理解してないの六道だけ？　ちょっ、錦織くんがなんだか、可哀相《かわいそう》な子を見るような目で六道を見てるし！　酷《ひど》い、酷いよ――、あいふぉん。六道にも分かるように説明してよお――」

豊かな胸《むね》に顔を埋めて泣きつく六道を、米倉が「よしよし」と背中《せなか》を擦《さす》って慰《なぐさ》める。

「要するに私たちの誰《だれ》かが大会に出場して、その出番の時、輝夜さんがジャックするのよ」

「あっ……だから、仕込み？」

「そういうこと。漫才大会なら、テレビ局にそういうネタだって言い訳することできるでしょう？　逆に輝夜さんを知っている人は、私たちが示し合わせていたとは思わないし」

「なーるほど」

「さすが米倉だ。我が盟友《めいゆう》」

錦織に褒《ほ》められ、米倉がテレテレしていた。

「というわけで、オレはバッチリだと思うんだが閣下《かっか》的にはどうだ？　この作戦なら強引に侵入する必要もないし、恐らくテレビジャックだってそう難しくないぜ」

「私も異存《いぞん》はない」

輝夜は頭《あたま》を縦に振る。

「ただしこの作戦を成功させるには、一つ、重大な前提条件があるぞ」

「というと？」

「それは……漫才大会の予選を突破して本選に進むことだ」

輝夜はギラリと光った瞳《ひとみ》で、錦織たちを見た。

☆

「私……、あまり自信がありません」

下見からの帰り。夕陽《ゆうひ》でオレンジ色に染まった住宅街の道を歩いていると、米倉《よねくら》が突然、そう呟《つぶや》いた。三人が輝夜《かぐや》と別れた直後のことだ。

「漫才《まんざい》なんてやったことないし……かなめの足を引っ張ることになったりしたら……」

深刻《しんこく》な表情で足元に視線を落とす米倉を見て、錦織《にしきおり》は六道《りくどう》と顔を見合わせた。

「大丈夫だって。別に素人《しろうと》の大会なんだから。予選なんて楽勝だよ」

六道が元気付けるようにパンと背中《せなか》を叩《たた》く。

「どうしてかなめと錦織くんじゃなくて、私なんでしょう」

米倉は訴《うった》えるような目で錦織を見る。

「う――ん、なんでかな」

漫才大会には六道・米倉のコンビでいく――。輝夜の決定はそれだった。

錦織的にはラッキー。米倉は驚《おどろ》いて声を失った。まさか作戦を練った自分が参加することになるとは、思いもよらなかったようだ。

「オレのクールなイメージを保つことに魔王女《まおうおんな》が配慮《はいりょ》……ってわけはないよな」

「六道の名推理！　たぶんね、これは閣下《かっか》のジェラシー」

「なんでそこでジェラシーが出てくんだよ」

「だって、六道たちがやるとしたら夫婦漫才《めおとまんざい》でしょ」

「そうなのか？」

「ほら。よく学生時代に夫婦漫才の経験のあるカップルって、そのままくっついちゃうって言うじゃない」

「いや、聞いたことがないよ。ってか、夫婦漫才経験のあるカップルとか特殊《とくしゅ》すぎるだろ」

「閣下、それが許せなかったんだよね……」

「なに一人で勝手に納得して、しんみりした顔してんの!?」

錦織が手の甲でツッコミを入れようとした時――。

「やっぱり。二人の方が向いていますね」

米倉がしょんぼりと呟いた。

「私、錦織くんみたいに、かなめにツッコミを入れられません」

「いや、そんなことないって。慣れたらできるって」

「そうそう。六道と錦織くんだって最初からこんな感じじゃ……」

「いや、結構、最初からこうだったんじゃないか？」

「……」

「……」

「でもまあ、大丈夫だろ。米倉《よねくら》だって練習すればきっと」

「予選用の動画の応募締め切り、三日後ですけど……」

「うっ……。で、でも、三日あれば師匠《ししよう》の鼻《はな》を明かせるって言うぜ」

「本当にそう思います？」

米倉はやや上目遣《うわめづか》いで錦織《にしきおり》を見る。不安そうに揺れる長い睫毛《まつげ》が少し可愛《かわい》かった。

「お、おう」

「そうですか……。でも、そうですね」

ニッコリと微笑《ほほえ》む。

「練習すればきっと、それなりにはなりますよね。それに予選は録画ですから。巧《うま》くいくまで何度も撮りなおせばいいわけですし」

「そうそう。米倉なら大丈夫だよ」

「じゃあ、あいふぉん。明日から一緒に練習頑張ろう！　えい、えい、お――」

「お――」

六道《りくどう》に釣られて、米倉も控《ひか》えめに拳《こぶし》を上げていた。

「――でも、明日から『夏スペ』が始まんだよな」

錦織の冷静な言葉に、六道は拳を上げたままカチカチッと固まった。

「六道がっかりだよ！　盛りあがっていたのに、錦織くんの一言でしおしおだよ！」

「いや、だって事実だし」

恨《うら》みがましい顔で見る六道に、錦織は冷めた外国人のように肩をすくめてみせた。

『夏スペシャル』は紫苑高校《しおんこうこう》の独自の行事で、夏休み中の学生を学校に登校させて、夏休みの宿題や自習をさせるのだ。通称『夏スペ』。

「でもさ、六道みたいな子は、残りの宿題をすませるチャンスじゃないのか?」

「その言い方、さては錦織くん、宿題、既に全部終わってる?」

「ふっ」

鼻で笑い飛ばす。

「えっ？　今のなに？　どういう余裕?」

「いや失礼。六道がとても愉快《ゆかい》なことを言うので、思わず笑ってしまった」

「『いや失礼』ってどういうキャラ!?　つまり要するに、もう終わってるってこと?」

「つ――か、この前のお泊まり会の時には、大半を終わらせていたわけだが」

「え――――!?　それって時系列的におかしくない!?」

「おかしくねえよ。ってか、時系列ってなんだよ」

「もしかして、あいふぉんも？　あいふぉんも宿題終わってるの?」

「ゴメンなさい……実は私も」

米倉はペコリと頭《あたま》を下げる。

「読書感想文は残っていますけど」

「それって出さなくてもいいやつだよな？」

「ええ。せっかくなので書こうかと思って。来年からは受験勉強で忙しそうですし」

「自主的に宿題を増やすなんて……。眩《まぶ》しい。今の六道《りくどう》には二人が眩しすぎて見ることができない」

六道は両手で目を押さえてみせた。

「で、六道は、宿題、どれくらい終わってんの？」

「お盆《ぼん》にやろうと思ってたんだけど、『夏休みの友』を学校に忘れちゃっていて……」

「いや、ないから。高校生に『夏休みの友』」

「自由研究に朝顔の観察をしようと思ってたんだけど、全部枯れちゃって」

「高校生にもなって朝顔かよ」

「でも、ラジオ体操なら毎朝やって、ウサギのスタンプもらってるよ。えっへん」

六道は胸《むね》を張ってみせた。

「……そうか。六道は夏休みを小学校の教室に置いてきたままなんだな」

「なんかカッコいい風な言葉で、バカにされた気がする」

「で……。実際のところ、どれだけ終わったんだ？」

「実はまだ一つも。テヘッ」

六道はパンと頭《あたま》のてっぺんを叩《たた》く。錦織《にしきおり》と米倉《よねくら》は一瞬、目を見開いた。

「一つも、というのは、本当に一つもか？」

「うん。からっきしの一級品だよ」

「どっちだよ。まあ、でもそうか。じゃあ、頑張れよ」

錦織はサッと手を上げて、宿題の話題をそこで打ち切ろうとする。

「ちょっ、今の流れで六道がなにを言いたいか、聡明《そうめい》な錦織くんなら分かってくれるよね？」

「さてね。聡明でないんでさっぱり」

「分かりました。じゃあ、はっきり言います。宿題を写させてください。プリーズ」

六道は両手を合わせて拝むようなポーズをした。

「宿題を貸すのは簡単なことだが……、それは六道のためにならないよな」

「写させてくれたら、錦織くんに六道の無償《むしょう》の愛をあげちゃう」

「うん、いらない」

「むしろラブラブ愛しちゃう」

「オレ、愛されるより愛したい年頃《としごろ》なんだ……」

「わけの分からないことを言うんじゃャニャいっ!!」

「唐突《とうとつ》に逆ギレかよ。ってか、まったく努力しない子を助けるというのは、ちょっとなあ」

「努力します。『夏スペ』で死ぬ気で、自力で宿題します。……でも、それでどうしてもできなかったところを、写させて欲しいなあ。お願い、お願い」

六道《りくどう》は錦織《にしきおり》の腕《うで》にすがりついて、長い睫毛《まつげ》の目をパチパチと瞬きさせる。

「暑いからやめい」

「写させてくれるって約束しない限りやめないんだから！　パチパチパチパチ」

「あ――、わあ――った。分かったから腕を離せ……。もし、夏スペの間、フルに頑張って、それでも宿題が全然進まないというなら写させてやるよ」

「わ――、やったあ」

六道はバンザイして飛びあがった。

ため息をつきながら錦織は思う。最近、どんどんクールキャラから離れていっている。

「じゃあ、また、明日ね」

六道神社の入り口の前で、六道は立ち止まって手を上げた。

「宿題のこと、よろしく」

「それは明日からのお前の頑張り次第だ」

「へ――い。じゃあ、あいふぉんも、また明日ー」

手を上げると、神社に続く参道《さんどう》を軽い足取りで走っていった。

「う――ん」

六道が消えると、米倉《よねくら》が深刻《しんこく》そうな声を出した。

「どうしたの？」

「やっぱり、漫才《まんざい》は錦織くんとかなめのコンビがベストかな、と思って」

「またそんなこと考えてた？　そんなことないって」

「そうだといいんですけど……。あ、そうだ。ゴメンなさい、全然、話が変わっちゃうんですけど、私も一つ、錦織くんに宿題のお願いをしてもいいですか？」

「へっ？　でも米倉も宿題は全部終わったって……」

米倉は鞄《かばん》の中から分厚いＢ４封筒を取り出して、錦織に手渡そうとする。

「これは？」

錦織が中身を確認しようとすると、米倉はプルプルと顔を震《ふる》わせた。

「ここで見るのはダメです」

「なんで？」

「それ……漫画《まんが》です」

「漫画？　ああ、もしかして米倉の描いた？」

「あうあう。声が大きいです」

米倉は顔を真っ赤にして、キョロキョロと周囲を見回した。

「知っている人に見せるのは初めてです。かなめにも見せたことありません」

「に、錦織《にしきおり》くんに最初の読者になってもらって、その、感想を聞かせて欲しいのですが」

「あ、そうなんだ」

震《ふる》える声でそんなことを言う。

「いいけど、オレ、そんなに漫画《まんが》に詳《くわ》しくないんだよな。それでもいい？」

「ええ。そっちの方がいいかも……」

「そういうことなら、オッケー。読んで感想文書かせてもらうよ」

「あ、ありがとうございます」

火照《ほて》った顔を花のように綻《ほころ》ばせた。

「ところでさ。米倉《よねくら》、漫画を描いていること、クラスのみんなに公表する気とかは、ないの？」

「えっ？」

米倉は目をパチクリさせた。

「いえ、今のところはあまり」

「別にいいと思うけどな」

「だって、恥ずかしいですから」

自信なさげに肩をすぼめる。

「でもいつか……、みんなに報告できる日が来たらいいなって思っています」

「そっか。まあ、かくいうオレも、学校で本性を出してないけどな」

そして錦織は、米倉とは違って、自分は卒業するまでずっと本性を隠したままでいるだろうと確信していた。

② はれのちハラグロ

『夏スペ』初日の朝、錦織《にしきおり》が所属する一年A組の教室には約半月ぶりにクラスメイト全員が集まっていた。『夏スペ』は始業時間が曖昧《あいまい》で、教師もめったに来なければベルも鳴らない。錦織が登校すると大半の生徒は机に向かって、やり残した宿題に取りかかっていた。

「やあやあやあ。我らがクラス委員殿は、宿題どこまでやった？」

錦織が机に着くやいなや、〝お調子者〟の西村《にしむら》がにじり寄ってきた。

（西村よ……、お前もか）

内心、ため息をつきながらも、そんな気持ちはおくびにも出さず爽《さわ》やかな微笑《びしょう》を浮かべる。

「一応、最後まで終わってるよ」

「さすがうちのエースだぜ！　あのさあ、実は数学の宿題で分かんない問題があるんだが、教えてくれんか？」

言いながら西村は問題集とノートを机の上に広げてくる。

「あ――どれ？（あのう、まだオレは教えるとは……）」

「これなんだけどさあ。教科書見ても、オレの頭《あたま》じゃさっぱり見当もつかないんだな」

「ああ、これね。これは期末の直前にチラッと先生が言ってた問題だよ。ここにこう補助《ほじょ》線《せん》を引いて、正弦定理《せいげんていり》を適用すればさ……」

サラサラと問題集の図に線を書き加えた。

「見える、見えるぞ！　オレにも解答の糸口が！」

「（そりゃ、オレの天才的なアドバイスがあればね）意外と簡単な問題だよ」

「なるほど、さすがエース。サンキュー。また分からない問題があったら教えてくれよな」

「うん」

また、爽やかな微笑を浮かべて頷《うなず》きながら、錦織は「オレの自習の時間は？」と思っていた。

（まあ、答えを写そうとはせず、一応、自分で解こうとしている分、まじめだよなあ）

そんなことを思いながら、錦織はあまりまじめとはいえない隣のクラスメイトを見る。

六道《りくどう》は「うんうん」と唸《うな》りながら化学のプリントと睨《にら》めっこをしていた。鼻《はな》と口の間にシャープペンシルを挟んでいる子を見たのは小学校以来だ。思わず苦笑してしまう。

「錦織くん、宿題、終わってるんだって？」

「実は、私たちも分からない問題があるんだけど……」

「教えてもらってもいい？」

三人組の女子が現れる。

「別にいいよ」

錦織《にしきおり》は白い歯《は》をキラリン！　と輝かせた。

「やった」

「実はこれなんだけど……」

「どれどれ、ふむふむ」

机を取り囲む女の子のいい匂《にお》いに包まれて、錦織は少し鼻《はな》の下を伸ばした。

「ああ、これは期末試験にも似たような問題が出ていたよね」

「え、本当？」

錦織は鞄《かばん》の中から期末試験の問題をファイリングしたモノを取り出す。

「スゴイ。錦織くんっていつもそんなの持ち歩いてんの？」

「まあね。定期試験って、いい問題がまとまっていることが多いからね」

「さすがだ！」

「やっぱり違うなあ」

憧《あこが》れるように目を輝かせる女の子たち。

（ふふ、ふふふふ！）

錦織はかなり調子に乗ってきた。肌《はだ》がテカテカしてきた。集団にちやほやされると、活力が満ちてくる。

「ああ、これだね。ほら、よく似てるよね」

ニヤつきそうになるのをグッとグッと我慢《がまん》して、試験の問題を女の子たちに見せる。

「わっ、ホントだ。同じだね」

「この問題はさ、食塩はイオン化した後二分子になるけど、砂糖はならないことに注意すれば、浸透圧《しんとうあつ》の基本を知っているだけでできるんだ。ほら、ここをこうやってこうやれば……」

「ふむふむ、あ、なるほど。だから、答えが合わなかったんだ」

「解答と一緒にあげるから。参考にして解いてみたら？」

「うん、ありがとう、錦織くん。さすがだね」

「やっぱ、錦織くんってスゴイよね。先生よりずっと教え方が巧《うま》いし」

「ホント、そうだよね」

「そんなことないよ（ふっふっふ、はっはっは！）」

錦織は胸《むね》の中で高笑いを上げていた。

（これだよ、これ……。これがあるから、学年首席はやめられませんなあ！）

横から重い視線を感じた。指を咥《くわ》えた六道《りくどう》が、悲しそうに目をウルウルさせながら錦織を見ていた。

(ちゃんと自力で宿題をする約束、守っておるな。感心、感心だぞ、六道《りくどう》!)

だいぶ調子をこいてきていた。

「錦織《にしきおり》、オレもこの問題、分かんないんだけどさあ」

「私もこれ、教えて欲しいんだけど……」

次第に机の周りには夏休みの宿題の解法を尋《たず》ねる列ができてくる。錦織は、自習用に持ってきた大学受験用問題集を開く間《ま》がないくらいだ。

(わっ、またこの問題かあ……)

西村《にしむら》が最初に聞いてきたのと同じ問題が机の上に置かれていた。

「個別に答えるのって効率悪いよね。前で黒板《こくばん》を使ってもいい?」

下手《へた》をすると調子に乗っていると思われそうなので、慎重《しんちょう》にみんなの表情を窺《うかが》った。

「うん、そっちの方がいいよね」

「うんうん」

みんな一様《いちよう》に頷《うなず》く。

錦織は「じゃあ……」と教壇に上がると、チョークを握って黒板に解説を書き始める。

「……ここで二乗根《にじようこん》イコールの形にすれば、二次方程式の解《かい》を導出《どうしゆつ》できるわけ」

「ああ、なるほどお」

「そういうことかあ」

いつの間にか黒板の周りに人だかりができていた。

ギャラリーたちが頷きあう。

「やっぱ、錦織くん、教え方、ホントに巧《うま》いよねえ」

「今すぐ学生辞《や》めて、塾の先生になった方がいいんじゃないの？」

「いやあ、そんなことないって」

錦織はそれほど長くもない前髪《まえがみ》をクシャリと手櫛《てぐし》で掻《か》き上げた。

（サイコ――ですかぁ！　オウ、イエスッ。サイコーです！）

もう限界、錦織はベロを奥歯《おくば》でギュッと噛《か》みしめた。『錦織・特殊《とくしゅ》技能四十八手』発動！　痛覚を刺激しないと、いつ高笑いを上げてもおかしくないくらい、ノリノリになっていた。

周りから受ける喝采《かっさい》や憧《あこが》れの眼差《まなざ》しが錦織の生きる糧。だからこそ、紫苑高校《しおんこうこう》の頂点を目指しているのだ。

ふと、錦織は輝夜《かぐや》がどんな顔をしているのか、気になった。普段、ハラグロハラグロと顎《あご》で使っている手下が、クラスから喝采を受けていることをどう思っているのか。面白くないか、それとも誇らしく思うのか。

みんなに気がつかれないように、チラリと輝夜の席に目をやった。

（ってか寝てるよ！）

机にうつ伏せになって寝ていた。横に向けた口から、少しヨダレが垂れているほどの熟《じゅく》睡《すい》。よほど気に入ったのか、昨日、つけていた白のカチューシャをまだ頭《あたま》に載せていて、またちょっとズリ落ちかかっていた。

（まっ、別にいいんだけどさ）

なんとなく見返してやりたいような、そんな気持ちになっていたので残念――。

（って、見返すもなにもオフィシャルにはオレの方が評価高いんだぜ⁉）

錦織《にしきおり》は自分で自分にツッコミを入れて慰《なぐさ》めた。

「錦織先生！　次は第六問を教えて欲しいのですが」

「えっ？　うん、これはね……」

気を取り直すと、またキラリン！　と歯《は》を光らせて、黒板《こくばん》に解答を書き始めた。

錦織がクラスメイトたちに「特別講義」をしている時、廊下《ろうか》から一年A組の教室を覗《のぞ》く、二人の女の子の姿があった。

一人は小柄《こがら》な女の子。大きなウエーブのかかった、フワフワの明るい色の髪《かみ》。つり目気味の大きな瞳《ひとみ》が、気の強そうな印象を与えている。

もう一人はショートな髪型で長身の、カッコいい感じの美人。二人とも胸《むね》ポケットに、紫苑高校《しおんこうこう》の最上級生であることを示す「三」のバッジがついていた。

「彼が錦織貴《たかし》くんよ。どう、舞《まい》？　大した人気者でしょ？」

小柄な方の女の子が腕《うで》を組んだまま、長身の女の子の方を見る。

「そうね。確かにスゴイ人気」

舞と呼ばれた長身の方の女の子が答える。

「彼にならば未来の紫苑高校を任せられるんじゃないかって、私は思うのよ」

「確かに、美紀《みき》が気に入りそうな感じの子ではあるかなあ」

「いいえ。私だけじゃダメよ。うちの学校、全《すべ》ての生徒に愛される生徒会長になれないと！　私みたいにねっ！」

美紀は胸のリボンを押さえてみせると、舞を軽く睨《にら》んだ。

「あと、舞。紫苑高校の中では私のことは生徒会長、またはデスクって呼ぶように言ってるでしょう！」

「ゴメン。まだ、ちょっと慣れなくて。あと、私は報道部じゃないからデスクは変」

「別にそれはいいじゃない。まあ、いいわ。とにかく錦織くんは予定どおり次期生徒会長候補の一人にすると、けってーい」

美紀はビシッと人差し指を立てた。

「はいはい……。でも、美紀《みき》……」

「生徒会長！　オアッ！　デスク！」

「生徒会長。今日、一年A組の教室に来たのは、生徒会長候補を物色《ぶっしょく》するためじゃなかったと思うけど」

「も、もちろん、そうよ！」

美紀は少し動揺《どうよう》しながら、目線を動かして目的の生徒を探す。

その生徒が視野に入る。

綺麗《きれい》な長い黒髪《くろかみ》の女の子。机にうつ伏して、寝ている様子だった。頭《あたま》には明らかに校則違反な白い髪飾りが載っていた。

「輝夜真央《かぐやまお》……」

美紀は憎々《にくにく》しげな声を上げた。大きな瞳《ひとみ》の中で青い炎《ほのお》がメラメラと燃えていた。

「なに、あの頭に載ってる白いのなんなの!?　ふざけてるの!?」

「カチューシャというのでは？」

「知ってるわよ、名前くらい！」

地団駄《じだんだ》を踏むと、睨《にら》む先をビシッと指差した。

「見てなさい輝夜真央！　生徒会長の最後の仕事として、あなたを必ず学校から追放するんだから！」

☆

「延長戦になるなんて、ああ、人気者は辛《つら》いなあ」

錦織《にしきおり》は顔をテカテカ、口元をニヤニヤさせながら廊下《ろうか》を歩いていた。

『夏スペ』が終わっても、錦織に宿題を尋《たず》ねるクラスメイトの列は途絶《とだ》えず、噂《うわさ》を聞きつけてはるばるD組からもやってくる生徒がいたほどだった。

「ああ――、今日は沢山《たくさん》、支持を集めた。ああ、もうエア手帳のページが足りないかも」

歩きながら、錦織はしきりに手を動かしてエア手帳に書きこんでいた。錦織に宿題を聞きにきた全員の名前を自分の支持者として記している。いつか生徒会の選挙に出馬《しゅつば》する時に、活用できるかもしれないからだ。

「ってか、やっべ。だいぶ遅刻になりそうだな」

腕《うで》時計を見て、錦織はテカテカの顔を小さく引き攣《つ》らせる。

午後、秘密基地《ひみつきち》に集合との命《めい》を輝夜《かぐや》から受け取っていた。六道《りくどう》と米倉《よねくら》の漫才《まんざい》の付き合いだ。三人とも『夏スペ』の終わる正午になったらすぐに教室を引き上げている。

廊下を歩む速度を上げようとした時、

「錦織貴《たかし》くんね」

近くから女の子の声が聞こえた。腕を組んだまま壁に背中《せなか》を預けて、ちょっと格好をつけた女の子が立っていた。

小柄《こがら》な六道よりももっと小柄な体躯《たいく》。フワフワのウエーブのかかった明るい色の綿毛《わたげ》のような髪《かみ》が特徴的な、可愛《かわい》い顔立ちの女の子だ。

錦織の瞳《ひとみ》がキラリン！　と輝いた。

「その顔は、私が誰《だれ》か知っているようね」

「それはもう」

錦織は体を震《ふる》わせながら、声を絞り出した。

知らないはずがない。紫苑高校《しおんこうこう》第四十八代生徒会長・松島美紀《まつしまみき》。華奢《きゃしゃ》で小柄な外見とは裏腹に、強気のキャラクターと高い行動力で紫苑高校のトップに上りつめた実力者。

（オレが目指している存在……）

錦織は生唾《なまつば》を飲みこんだ。

「はじめまして、錦織くん。生徒会長の松島美紀よ」

唇《くちびる》を綻《ほころ》ばせて、美紀は錦織に手を差しのべる。

「に、錦織貴です」

緊張《きんちょう》しながら握り返す。

「以後、私のことは生徒会長、または、デスクと呼ぶといいわ」

「気にしないで。生徒会長は報道部部長を兼任《けんにん》しているから」

「デッ、デスク!?」

そんな台詞《せりふ》と一緒に、錦織《にしきおり》の横に新たに女の子が現れた。

スラッとした長身。男子のような短髪だが、長い睫毛《まつげ》、細い鼻梁《びりょう》はまさしく女の子のモノだ。こちらにも見覚えがある。

「はじめまして、錦織くん。生徒会書記の後藤舞《ごとうまい》です」

「は、はじめまして」

(確かこの人は、生徒会に入る前は女子バスケ部でレギュラーをやってた人だ)

パラパラとエア手帳を開いて、後藤舞の情報を引き出す。美紀《みき》のサポート役として彼女も人気の高い生徒会メンバーの一人だ。

(その二人がなんでオレに!?)

珍しく錦織は緊張《きんちょう》していた。

「せ、生徒会長が、なにかご用でしょうか?」

「まあまあ。そんなに緊張することないから」

舞は唇《くちびる》を綻《ほころ》ばせる。年上の余裕に、片えくぼのせいで可愛《かわい》いさが混じったような微笑《ほほえ》み。

「錦織くん。私がこの場所であなたに声をかけた理由は二つ」

美紀は組んだ腕《うで》のままVサインを作ってみせた。

「一つは生徒会の代表として、一年生で一番人気の錦織くんと話してみたかったからよ。現生徒会は秋で解散だから、新メンバーを探している。この意味、分かるわね？」

「えっ、はい。分かります」

（キ、キタ――――――――――――――――！）

「『夏スペ』の風景、勝手に見せてもらったわ。なかなか、人気あるみたいね。生徒会はあなたみたいな人材を探しているの」

「あ、ありがとうございます」

「二学期が始まったらまた連絡するけど、一応、頭《あたま》に留《とど》めておきなさい」

「は、はい」

錦織は妄想の中でガッツポーズを三回ほど決める。

「で、もう一つの用というのは、あなたのクラスにいる輝夜真央《かぐやまお》さんについて」

その瞬間、高まっていた感情が一気にトーンダウンした。ガッツポーズのまま硬直《こうちょく》したような気持ちだ。

（なんで魔王を生徒会が!?　まさかオレとの関係がバレたとか？）

顔面《がんめん》が引き攣《つ》りそうになるのを必死に我慢《がまん》して、錦織は二人の表情を窺《うかが》う。

「はい、いますけど……。それがなにか？」

「彼女は危険なの」

美紀《みき》の目つきが鋭くなる。

「あなたはまだ輝夜真央《かぐやまお》を知って日が浅いから理解できないかもしれないけど、あの子は要注意人物なのよ」

「いや、ちょっと変わった女の子ということは知っていますけど……」

「変わっているとか、そんな生易しい言葉ではすまないわ!!」

美紀は声を張り上げた。錦織《にしきおり》が少し引いてしまうくらい興奮《こうふん》していた。

「錦織くん……、あなた『炎《ほのお》の百日間戦争《ひゃくにちかんせんそう》』——という言葉を聞いたことは？」

美紀の代わりに舞《まい》が尋《たず》ねてきた。

「いや、ないですけど」

「輝夜さんが中学校で起こした事件の名前よ」

「中学校？　まさか例の『悲しきパンツ事件』と関係しているんですか？」

「いいえ、パンツは関係ないわ。でも悲惨《ひさん》さでいえば同等、もしかしたら、それ以上かもしれない」

舞は深刻《しんこく》そうに目を伏せた。

「一体、どんな事件なんですか？」

「『炎の百日間戦争』は、中学時代、東山《ひがしやま》中学校の生徒会を乗っ取ろうとした当時一年生だった輝夜さんと生徒会の間で勃発《ぼっぱつ》した戦争のこと」

「…………」

「最終的には生徒会が勝ったのだけど、その争いでメンバーの半分が生徒会を去り、残ったメンバーも疑心暗鬼《ぎしんあんき》になってまともな運営ができなくなってしまった……。そして当時、東山中学校の生徒会長だったのが……」

「まさか……」

「そう、私よ！」

美紀は憎々《にくにく》しげに唇《くちびる》を噛《か》みしめた。

「…………」

輝夜の中学時代の武勇伝《ぶゆうでん》に、生徒会との争いがあったことは錦織も聞いていた。しかし、その相手が現在の紫苑高校《しおんこうこう》の生徒会長だったとは。

「だから私は入学式からずっと輝夜真央をマークしてきた。輝夜真央はこの学校でも絶対《ぜったい》になにかとんでもないことを企《たくら》むに違いない。私はその陰謀《いんぼう》を事前に挫《くじ》き、紫苑高校の平和を守りたいのよ。生徒会長、そして報道部部長としての最後の仕事として！」

美紀は怒りで真っ赤になった顔を、錦織に接近させる。輝夜にかなり根の深い恨《うら》みがありそうだ。

「そ、それで……そのこととオレがどう関係してくるんですか？」

「それはね。錦織くんに輝夜真央の内偵《ないてい》をしてほしいのよ」

☆

「なんでやねん⁉」

秘密基地《ひみつきち》の扉を開けると、いきなり嘘《うそ》くさいイントネーションの大阪弁《おおさかべん》と、ヒヤッとした空気が外に溢《あふ》れ出てきて、高ぶっていた錦織《にしきおり》の気持ちを萎《な》えさせた。

机をどけて作ったスペースに、六道《りくどう》と米倉《よねくら》が横に並んで立っていた。

「ダメだ。話にならん！」

狭い部屋に怒声《どせい》が木霊《こだま》していた。夏服と称するスクール水着にカチューシャ、という食い合わせの悪そうな格好の輝夜《かぐや》が机の上に胡坐《あぐら》をかいていた。

「キレがない、ノリが悪い。ツッコミになっていない。何年コンビを組んでやってるんだ！」

「昨日からですけど……」

下を向いた米倉が小声で控《ひか》えめに主張する。

「遅かったな、ハラグロ」

輝夜が白い目で錦織を見る。

「すまん、ちょっとヤボ用ができて……」

錦織は耳の後ろを掻《か》きながら入っていくと、六道と米倉の方を向いた。

「あ――、ツッコんでもいいか？」

「うん、どうぞ」

「大会に向けて漫才《まんざい》の練習をしていることは分かるんだが……、なんで二人ともその格好なんだ？」

二人とも、昨日と同じ、六道が借りてきたメイド服姿なのだ。

「ふっふっふ。実はこれは、六道たちの漫才の秘密兵器――」

六道がない胸《むね》を張ってみせる。

「秘密兵器というと？」

「うふふ、気になる？」

「まあ、そこそこ」

「ご主人様！　六道たちは『メイド漫才』をすることにしたのです!!」

メイド服のスカートの裾《すそ》を両手で持って、チョコンと挨拶《あいさつ》してみせた。

「メ、メイド漫才だってぇ!?　てかっ、それなんだ？　なにすんだ？」

「メイド界のあるあるネタを……」

「あるあるネタってどんなだよ」

「あるあるネタを、メイドがけだるい感じでだべっていく感じ？」

「メイド、けだるいのかよ！　なんかイヤだなその漫才」

「例えば……『最近、うちのご主人様、元気がないんだよね』『それって、もしかしてカルシウム不足なんじゃない?』みたいな?」

「ご主人様、情緒不安定《じょうちょふあんてい》かよ!」

錦織《にしきおり》が叫んだ瞬間——、輝夜《かぐや》の瞳《ひとみ》がキラリと煌《きらめ》き、米倉《よねくら》がハッとした。

「聞いたか、セクシー。ツッコミに必要なのは、今のハラグロのキレだ」

「そうそう。今の感じだよ」

「なるほど……。なんとなく分かりました。錦織くん、ありがとうございます」

米倉はペコリと頭《あたま》を下げていた。

「いや、感謝されても……」

「閣下《かっか》、錦織くんもようやく来たことだし、ここでちょっと休憩《きゅうけい》にしない?」

「そうだな。ハラグロに遅刻の理由をちゃんと聞きたいしな」

机から飛び降りた輝夜が、ムッツリと怖い顔をした。

「まさかあれからずっと、大衆に囲まれたまま教室で時間を過ごしていたのか?」

「い、いや、そんなことはない」

錦織は冷や汗をかきながら手を振る。

「じ、実はそのことと関係して、閣下やオレたちにとって重要なニュースがあるんだ」

「ほう。言ってみろ」

「松島美紀《まつしまみき》先輩が……閣下《かっか》をマークしているみたいだ」

「生徒会長がですか？」

「スタタ先輩が？」

六道《りくどう》と米倉《よねくら》が顔を見合わせる。

「マークしているとは、つまり、どういうことだ？」

「よくは分からないが、閣下の悪事を暴こうとしているようだ」

「ふむ……。どうしてそのことが分かった？」

「秘密基地《ひみつきち》へ来る途中に、美紀先輩本人に呼び止められて、閣下のことを色々と聞かれた」

「ふ――ん」

輝夜《かぐや》はちょっと考えるような顔をしつつ、頭《あたま》のカチューシャの位置を変えていた。

「でも、なんでいきなり生徒会かな。閣下の悪名《あくみよう》って既に学校規模？」

「どうも美紀先輩は、閣下が中学一年の時の生徒会長だった人らしい。閣下、覚えている
……わけないよな？」

「む、お前、今、決めつけたな！」

「じゃあ、覚えてるのかよ」

「完全ではないが、脳《のう》の海馬《かいば》の奥底で、記憶の光明《こうみよう》のようなモノが遠慮《えんりよ》深げに見え隠れぐらいはしているぞ！」

「どんだけあやふやなんだよ！　じゃあその生徒会とバトルした覚えは？」

「覇王《はおう》にとっては毎日が戦いだ」

「……とにかく。美紀先輩はその時のことをえらく根に持っているらしい。生徒会長の最後の責務として、閣下の陰謀《いんぼう》を挫《くじ》くつもりだって」

「なるほど、過去の恨《うら》みか。で、私のことを訊かれて、ハラグロはなんて答えた？」

「クラスメイトが知っている程度の知識を適当に」

「でも、スタタタ先輩が閣下の敵というのは厄介じゃない？　一応、漫才《まんざい》大会の主催者《しゅさいしゃ》の関係者だよね？」

　六道が心配そうな表情になる。

「それはさすがに影響ないと思うぞ。閣下がメディアジャックすることが事前にバレていたりしない限り」

「中学校の時の因縁ということは、恐らくその美紀某《なにがし》は一学期から私に目をつけていたのだろう？　しかし、今までなにもなかったのだから、恐るるに足らずということだ」

　錦織《にしきおり》は「確かに」と相槌《あいづち》を打ちながら、ほんの少し自責の念に駆られていた。

「輝夜がなにか企《たくら》んでいることが分かったら伝えて欲しい――」

　美紀から輝夜の悪事を暴く手伝いをしてくれと頼まれて、錦織は二つ返事で引き受けたのだ。実際に協力するかどうかは別にしても、とりあえず協力すると答えた方が生徒会の椅子《いす》に近づける、と。

一方で生徒会の情報を公開したのは、仮に輝夜《かぐや》の悪事がバレたりしたら芋づる式に錦織《にしきおり》と輝夜の関係もバレる可能性が高いからだ。

（オレ、完璧《かんぺき》に二重スパイだよな）

軽く唇《くちびる》を噛《か》みしめた口の中が苦い感じがする。それに下手《へた》をしたら、生徒会も錦織の弱みを握る輝夜も敵に回して、破滅する可能性もある。

「おい、ハラグロ」

輝夜が不思議そうに、錦織の顔を覗《のぞ》きこんでいた。

「どうした？　なんか、ボ——としていたぞ」

「いや、えっ？」

「またハラグロいことでも考えていたのか？」

「ち、違うって。ええっと、なんか、いつもよりこの部屋が涼しいからなんでだろう、と考えていただけだ」

咄嗟《とっさ》の誤魔化《ごまか》しというわけではなく、実際、秘密基地《ひみつきち》に入った時から、昨日よりやけに涼しいなと思ったのだ。

「あ、それ、エアコンだよ」

「はっ？　この部屋にそんな文明の利器があったか？」

「錦織くん、この壁の向こうになにがあるか知ってる?」

六道《りくどう》は隣の壁を指差した。

「はっ?　ええっと、階段を挟んで反対側だから、物理実験室《ぶつりじっけんしつ》か?」

「正解!　でね。物理実験室にはエアコンがあるの。それも大型のが二機」

「ほう」

「それを十五度設定の強風でフル稼働して実験室をガンガンに冷やしたら、ここも結構涼しくなることが分かったの!」

「エコの時代に抵抗する、永遠の反逆児《はんぎゃくじ》だな」

壁に触れると、額《ひたい》に貼る熱さまシート並みに冷たくなっていた。

「ってか、これだけ涼しいと、閣下《かっか》のその夏服は逆に寒いんじゃないか?」

「そ、そんなことはない。私はもともと暑がりだからな。これぐらいで丁度いい……クシュシュン」

「言ってる側《そば》からクシャミしてるじゃないか。やっぱ、着替えるか、上になにか羽織《はお》った方がいいんじゃないか?」

「いや、大丈夫。私は、夏の間はこれと決めているからな」

「なんで、そんな不器用な鉄道員《ぽっぽや》みたいによく分からないところで強情なんだよ。今、求められているのはフレキシビリティだぜ?」

「大丈夫、問題ない。クウッ——クシュシュン」

「本当に大丈夫かよ。ほれ、ティッシュ。鼻水《はなみず》、垂れてんぞ」

錦織《にしきおり》がポケットティッシュを渡すと、ややムッとした表情をしながら、輝夜《かぐや》はチ——ンと鼻をかんでいた。

「閣下《かっか》のクシャミって可愛《かわい》いね」

「普段の喋《しゃべ》り方とギャップがある分、特にそう感じますね」

「そんなことよりもだ！」

ヒソヒソと喋るメイド服の二人組を輝夜はジロリと睨《にら》むと、威厳《いげん》を保つように腰《こし》へ手を当てた。

「生徒会長のことは了解したが、今さら、生徒会になにかできるとも思えない。特に注意する必要はないだろう。それよりも今は漫才《まんざい》大会の方が重要だ」

「それについてなんですけど……」

米倉《よねくら》は自信なさげな上目遣《うわめづか》いになった。

「やっぱりコンビはかなめと錦織くんの方がいいのではないでしょうか？　さっきの二人の会話を聞いていると、二人の方が息が合っているというか……」

「錦織くんは生まれながらのツッコミ体質、六道《りくどう》は生まれながらのボケ体質だもんね」

「人の体質を勝手に決めつけんなよ」

「本選に進む必要があるのなら、その方が確実かと思うのですが」

「しかし、それだとハラグロがメイドにならないといけないぞ」

「その時は執事×メイドの過激なドッキ漫才で」

六道が再び借りていた執事服を出してきた。

「うむう……」

輝夜は水着の名札の前で腕《うで》を組む。

「……いや。サイクロンとセクシーでいく」

「どうしてですか？」

「と、とにかくダメなもんはダメなのだ」

首をブンブンと振った。

（やっぱジェラシーだよ）

（ありえねえよ）

耳元で囁《ささや》いてきた六道のわき腹《ばら》を錦織は肘《ひじ》で小突く。

「まだ二日もある。それまでにセクシーがツッコミをマスターすればいいだろう。というわけで練習再開。セクシーはハラグロのツッコミを参考にするように」

輝夜は再び机の上に上って胡座《あぐら》をかくと、またクシュシュンとクシャミをした。

☆

「やっぱり私には漫才《まんざい》なんて無理なんでしょうか……」

米倉《よねくら》がしょんぼりと呟《つぶや》いた。六道《りくどう》と別れた後、錦織《にしきおり》と二人で夕刻の帰り道を歩いている時のことだ。

「まだ明日と明後日《あさって》があるし、諦《あきら》めるのは早いんじゃないか？」

秘密基地《ひみつきち》で三時間ほど特訓しても、結局、米倉のツッコミ能力はあまり向上しなかった。

輝夜《かぐや》が体調を崩して帰ったおかげでようやく解放されたのだ。

「後半はだいぶ、よくなっていたしさ」

「そうでしたか？　私はあんまり上達した気がしなかったのですが……」

「間《ま》の取り方とか、だいぶよくなったと思うよ」

「だといいんですが……」

「大丈夫だって。明日にはさらに巧《うま》くなって、明後日には完璧《かんぺき》だよ」

ドンヨリと暗い顔で歩く米倉の背中《せなか》を、錦織はパンッと叩《たた》いた。

「そうそう。そういえば、米倉の漫画《まんが》、読んでみた。面白かったぜ」

「あ、ありがとうございます」

沈んだ顔がほんの少し明るくなる。

「すぐにでもプロとして通用するんじゃないの？」

「いえ、それはまだまだ、全然です」

「そんなもんか？　まあ、ちゃんと感想書くから」

「ありがとう」

眼鏡《めがね》の奥の瞳《ひとみ》を嬉《うれ》しそうに細める。

「錦織くんって、前にも言ったかもしれませんけど……優しいですね」

「閣下《かっか》たちにはハラグロと呼ばれているけどな」

「ハラグロでも優しければいいんです」

言い切る米倉のすまし顔が、ちょっと可愛《かわい》かった。

「あの、錦織くん……」

歩道を並んで歩いていた米倉が急に立ち止まった。口を僅《わず》かに開けたり閉めたりした後、下を向いてしまう。

「うん？　どしたの？」

首を傾《かし》げる錦織。

米倉は思いつめたように下を向いてプルプル震《ふる》えていたが、いきなり顔を上げて、

「私にツッコミを教えてください！」

大きな声で言った。顔から耳までが真っ赤になっていた。

「ちょっ、米倉《よねくら》？」

錦織《にしきおり》は慌《あわ》てたように辺りを見回した。幸い、近くには誰《だれ》もいなかった。

「あのさ。六道《りくどう》は勝手なことを言っていたけど、オレは芸人でもなんでもないんだぜ。人に教えるなんてそんなことできっこないって」

「でもあんなにキレのいいツッコミを、いつもかなめに入れていますし」

「いや、キレのいいツッコミって」

「特に私が覚えたいのは、なんでやねんのタイミングなんです」

「オレ、そんなツッコミ、六道に入れたことないんだけど」

「とにかく教えてください。お願いします」

米倉は真剣な眼差《まなざ》しで錦織を見つめる。

「ふう。そこまで言うなら付き合うけど。でも、ここで立ち止まってやるのは目立つから、歩きながらでもいい？」

「ええ、もちろんです」

再び横に並んで歩き出した。

「さっき秘密基地《ひみつきち》で聞いていて思ったんだけどさあ、米倉のツッコミは勢いが足りないんだよな。なんというかツッコミを入れているように見えない」

「ふむふむ、なるほど」

「歩きながらでいいからさ、オレにツッコミを入れてよ」

「分かりました。じゃあ……なんでやねん！」

手の甲で錦織の胸《むね》を叩《たた》く。

パン。鈍い音が上がる。

「ほら、やっぱり力強さみたいなモノが足りないんだよな。もっと大きな音が上がらないと、ツッコんだ感じがしないし」

「でも、あんまり力をこめたら、かなめが痛いかもしれませんし」

「だから、スナップを利かせてこんな風に弾く感じで——」

錦織が手を動かす。

プニョン。弾力性《だんりょくせい》のあるモノに当たった感触が指先から伝わってきた。

「あっ」

「あっ」

思いっきり米倉の胸に当たっていた。慌てて引っこめる。

「ご、ゴメン」

「あうあうあう」

米倉は顔を真っ赤にして下を向く。

「う、嘘《うそ》と思われるかもしれないけど、ワ、ワザとじゃないから。寸止めにしようと思っていたのだけど予想以上に……その、デカ」

「私、そんな大きくありません」

（オレとしたことが、なんたる失態！　でも………米倉《よねくら》の胸《むね》、柔らかすぎ）

手の甲にまだ感触が残っている。錦織《にしきおり》はチラリと米倉に目を向けて、手が当たった場所を確認してしまう。

「と、とにかく、今みたいな感じにスナップを利かせること」

米倉が気を取り直して顔を上げる。

「う、うん。錦織くんでちょっと練習してもいいですか？」

「いいけど」

「じゃあ……なんでやねん！」

パツン——。

小気味よい音が上がる。

「おっ、さっきよりいい感じじゃないか？」

「ホントですか？　じゃあ、もう一度——なんでやねん！」

パツン——。パツン——。パツン——。

なんでやねんを連発しながら、米倉は錦織にスナップを利かせたツッコミを続ける。

（米倉はまじめだよなあ。それがいいんだよなあ）

練習する米倉を横目で見ながら、錦織は思う。

「なんとなく分かってきたかも」

しばらくツッコミ続けた後、米倉は嬉《うれ》しそうな表情を浮かべた。少し息が上がっていた。

「うん、結構いい感じになってきたとオレも思うよ。後は、明日にでも六道《りくどう》を相手に練習すればいいと思う」

「かなめに連絡して、これから練習できるか訊いてみます」

「えっ、これから⁉」

米倉は携帯電話を手にするとすぐさまメールを打ち始める。それを見て錦織はポカンと口を開いた。

「あのさっ。米倉ってどうしてそんなに頑張れるわけ？」

「え？」

米倉は不思議そうに首を傾《かし》げる。

「どうしてと言われても、せっかく大会に出るのなら頑張らないとダメな気がします」

「でも、大会に出る目的は魔王がメディアジャックをするためなんだぜ？」

「それはそうですけど、錦織くんだって勉強とか運動とかまじめに頑張っていますよね？」

「まあね。でもそれは一番になってチヤホヤされたくて、自分のためにやっているから。ちょっと米倉とは違うんじゃないか？」

「でもこの前の、お泊まり会の時は、輝夜《かぐや》さんのために頑張っていましたし」

「あれは単に輝夜がキレたら大迷惑なことになるから。やっぱり自分のためだ」

「ふ——ん」

「むっ。その顔は信じてないな」

「はい。信じていません」

ニッコリと笑う米倉《よねくら》に、錦織《にしきおり》は耳の後ろを掻《か》きながら茜色《あかねいろ》の空を見上げた。

3 輝夜の霍《かく》乱《らん》

『夏スペ』二日目。登校した錦織が上履きに履き替えていると、下駄箱《げたばこ》の陰《かげ》からおいでおいでする女子の制服の袖《そで》が伸びていた。

(やれやれ。また六道《りくどう》か……)

周りに誰《だれ》もいないことを確認する。足音を立てずに下駄箱を迂回《うかい》して、薄暗い中に立っている女の子の背後に回った。プニッと人差し指で背中《せなか》を押す。

「キャンッ!」

明らかに六道のモノではない悲鳴が上がって、女の子がスタンと座りこんだ。

(ザ・人違い!?)

慌《あわ》てて目を凝らして女の子の顔を確認する。フワフワのウエーブのかかった髪《かみ》が見えた。

「せ、生徒会長!?」

尻餅《しりもち》をついていたのは、松島美紀《まつしまみき》だった。

「錦織くん!? いきなりなんなのよ、もう!」

「す、すみません。人違いしていました」

助け起こしながら錦織《にしきおり》は頭《あたま》を下げる。

「人違いということは、錦織くんはその女子にいつも、こんなことをしているわけね」

美紀《みき》が真っ赤な顔で腕《うで》を組んだ。

「いや、そういうわけではないんですが……」

「言っとくけど、生徒会のメンバーになったら、こんなことは許されないわよ」

「すんません、すんません」

「もう。私、背中《せなか》とか特に苦手なのに……」

「ああ、だからっ『キャンッ！』ですか」

「そこっ！　むしっ返さない！」

ビシッと美紀は錦織を指差した。

「す、すんません」

（があぁ、しまった――――。オレのバカ！　バカやろう！）

錦織は近くの壁に頭突きしたい気持ちだった。

美紀はしばらく頰《ほお》を火照《ほて》らせて、非難の目を錦織に向けていたがすぐに小さく笑った。

「まあ、いいわ。一年生のエース、完全無欠《かんぜんむけつ》の優等生にも、意外にやんちゃなところがあった、ということね」

「いやその……すんません」

そこまで怒っている感じでもなさそうなので安心する。

「罰として生徒会室で私のモーニングコーヒーに付き合う、というのはどう？　それほど時間は取らせないわ」

「えっ？　はい。もちろん、よろこんで」

「よろしい」

美紀は満足そうに頷《うなず》くと、ついてくるよう錦織を促《うなが》した。

紫苑高校《しおんこうこう》の生徒会室は本校舎とは違う別棟《べっとう》にある。以前のゲリラ豪雨《ごうう》の時に倒壊した〝鐘つき堂〟と同時期に建てられた煉瓦《れんが》造りの二階建てで、以前は職員室として使用されていたモノだ。

（ここが……夢にまで見た）

二階の生徒会室にある大きな円卓の前の椅子《いす》の一つに座りながら、錦織は感慨深《かんがいぶか》い気持ちになっていた。生徒会の歴史を感じさせる乳白色の壁やクラシックな調度品《ちょうどひん》の数々。オリエンテーションで外から覗《のぞ》いたことはあったが、中に入ったのは初めてだ。

「ブラックでよかったのよね？」

奥からコーヒーを載せたお盆《ぼん》を持って現れた美紀が、カップを円卓の上に置く。

「は、はい。ありがとうございます」

美紀《みき》は自分用のコーヒーカップと一緒に、錦織《にしきおり》の横の椅子《いす》にチョコンと座る。両手でカップを持ってコーヒーをすすり始めた。

「どうかしら。生徒会室は」

「いいですね。紫苑高校《しおんこうこう》の歴史が感じられます」

爽《さわ》やかに答えながら、錦織はいつかここの主《あるじ》になる自分を想像して、心の中でフフフと笑っていた。

「そうでしょう」

美紀は嬉《うれ》しそうな顔をした。

「私もここの雰囲気《ふんいき》が好きなのよ。特に朝のこの時間が。なんとなく時間がゆっくり流れている感じがするから。ほら、私っていつも忙《せわ》しない感じで歩いているでしょ?」

「スタタタ先輩って呼ばれていますしね」

「そのあだ名を私の前で口にするの禁止!」

頬《ほお》を赤くした美紀が、ビシッと錦織を指差す。

「それじゃあ私が、落ち着きのない女みたいじゃない」

「いや、でも、自分で忙しないと」

「忙しないと落ち着きがないは違うのよ。違い具合でいえば、瀬戸内海《せとないかい》と地中海《ちちゅうかい》くらい」

「どちらも、タコが名産《めいさん》ですね」

「まぜっ返さないっ！」

「はっ。すみません」

錦織が肩をすぼめる。

「コホン。それはともかく、私がいつも忙しなく歩いているのは、本当に生徒会の職務《しょくむ》が忙しいからよ。分かる？」

「はっ。分かります」

「だから朝のここでのゆったりとした時間が好きなの。以上、理解した？」

「はっ。理解できました」

「錦織くんも、ここが、気に入ったかしら？」

「はっ。気に入りました」

「また、来たい？」

美紀は長い睫毛《まつげ》に縁取られた瞳《ひとみ》を細めて錦織を見る。

その言葉の意図《いと》を察し、錦織はグッと息を飲みこむ。美紀は生徒会のメンバーとして来たいかと、質問しているのだ。

「可能なら」

「そう。じゃあ、頑張りなさい」

美紀《みき》はニッコリと笑う。

二つも年上とは思えない無垢《むく》な少女のようなその笑顔を、錦織《にしきおり》はマジマジと見てしまう。火照《ほて》った頬《ほお》を隠すようにカップを口元に持っていく。

「それは置いといて――、輝夜真央《かぐやまお》のこと、なにか動いてくれた？」

口に含んでいたコーヒーを噴き出しそうになった。

「ええっ？　だって昨日の今日ですよ？」

「錦織くんならなにか掴《つか》んだかな、と思って」

「すみません。まだ大した情報は集まっていません……」

「そう。まだかあ」

美紀の顔に明らかな失望が広がった。

「あの……。もしかして、生徒会長、昨日の話ってかなり急ぎなんですか？」

「もちろん。中学校の時の事件も、起きたのは二学期だったし。できれば夏休みが終わるまでに決着をつけたいというのが本音」

「なるほど」

「そういうことだから。引き続きよろしくお願いね。期待してるわよ」

「はあ……」

煮え切らない返事をしながら、錦織は心の中で頭《あたま》を抱えた。

「誰《だれ》か、今日、学校で輝夜真央を見たヤツはいないか？」

『夏スペ』初日に一度も顔を見せなかったにも拘《かか》わらず、二日目は朝から教室にいた担任《たんにん》の山北《やまきた》が黒板《こくばん》の前で困った顔をしていた。

確かに輝夜の席が空席になっている。鞄《かばん》もなく学校に来た形跡《けいせき》がない。

「昨日は来ていたのか？」

尋《たず》ねる山北に、生徒たちがそれぞれ頷《うなず》く。錦織は六道《りくどう》と顔を見合わせていた。

「今日は配布物があるんだがなあ」

山北は薄くなった頭頂部を掻《か》きながら、机の上のプリントの山に目を落としていた。

「錦織、お前、輝夜の家にプリントを届けてやってくれ。電話で連絡はしておくから」

「分かりました。……あっ、でも、オレ、彼女の家の場所を知らないですが」

以前、作戦の帰りに近くまでは行ったことはあるが、家の前まで行ったことはない。

「『夏スペ』終わったら職員室に来てくれ。教えるから」

「分かりました」

「閣下《かっか》、どうしちゃったんだろ？」

六道が横から耳打ちしてきた。

「さあな。でも、昨日最後の方、なんか調子悪そうにしていたぜ？　止めたのにあんな格好でずっといるから……」

魔王女《まおうおんな》でも体調不良くらいはあるだろう。

「今日の練習、どうしようか？」

「予選用の動画の応募締め切りは明日なわけだが、どんな感じなんだ？　昨日、あの後、米倉《よねくら》は、六道《りくどう》のところへ行ったんだよな？」

「それがねえ、あいふぉん、メチャクチャ上達してたんだよ」

「そっか。それはよかった」

「錦織《にしきおり》くんのセクハラのおかげだって」

六道はちょっと不機嫌《ふきげん》そうな声で言った。錦織の体がカチカチッと固まった。

「セクハラ、と米倉が言ってたのか？」

「いや、言ってるのは六道だけど？」

「お前かよ。ってか、セクハラじゃないぞ。事故で微妙に手がかすっただけだ」

「でも、マシュマロだったんでしょ？」

ジロ——ッと、錦織を見る。

「そりゃあもう、ふんわりとはしていたが……ってか、なに言わせんだよ」

「どうせ六道のは筋肉質《きんにくしつ》でゴワゴワしてますよーだ」

両手で胸《むね》を押さえてみせる。

「いや六道は、感触を云々《うんぬん》する以前になにもないじゃん。……って、またなに言わせんだよ！」

「ぶう。じゃあ、やるかどうかはあいふぉんと相談して決めるよ」

「それがいい。……ところで、米倉のヤツ、気にしていたか？」

「へっ？　なにを？」

「いや、だから、昨日のアクシデントのこと……」

「ああ、セクハラ」

「いや、だから、セクハラじゃねえって」

「まあ、その辺は、あいふぉんに直接聞いてみたら？　気にしているかいガールって」

「どういうキャラだよ」

「では、本官は職務《しょくむ》がありますので」

敬礼《けいれい》ポーズを決めると、六道は前に向き直って宿題を始めてしまった。

☆

「ここ……か」

放課後——。錦織《にしきおり》は一軒の家の前に立っていた。繁華街《はんかがい》からちょっと離れた住宅地。新築ということはないが、築何十年も経っているような感じでもない、ごく普通の二階建ての家。

門の表札に書かれた「輝夜《かぐや》」という文字。山北《やまきた》から教わった輝夜真央《まお》の家だった。

「意外とフツーだなあ」

なにしろ『新世界の構築』を豪語する人間の住んでいる家である。とんでもない秘密基《ひみつき》地《ち》のようなモノを想像していたが、本人が作ったわけではないのだから、それはない。

「さあって、どうすっかな」

あの後、山北が何度か家に電話したが輝夜は出なかったらしいので、病院にでも行っていて留守の可能性がある。錦織が携帯電話にメールを打っても返事がない。

ポストにプリントを入れて帰るだけでもいいが、

「まあ、一応、様子ぐらいは見ておくか」

錦織はインターフォンに指を伸ばした。

間延びした呼び出し音を発するスピーカーの前で、錦織は表情を引き締める。輝夜の家族が出るかもしれないからだ。

（ってか、魔王の家族構成って、どうなっているのかね？）

時々、話に出てくる祖母《そぼ》はいるのだろうが、両親とか兄弟姉妹の話は出たことがない。

しばらく待っていると、

「……」

インターフォンの向こうの受話器が取られた音がした。

「……何者だ。……名乗れ」

弱々しい、低い声の後、ゴホゴホッと咳《せ》きこむ音がした。

「閣下《かっか》？」

「ハラグロか……どうした。なにかトラブルでもあったか？」

「トラブルはないがプリントを持ってきた。ってか、お前、なんか相当キッそうだな」

「いや、キツくなんてないぞ」

「よくそのガラガラ声で強がれるな」

「強がってなんかいない。……今、行くから待っていてくれ」

「おう」

錦織が門をくぐっていると、鍵《かぎ》が開けられる音がして玄関の扉が開いた。

パジャマ姿の輝夜だ。グレイ地に白のクマ柄が沢山刺繍《たくさんししゅう》された可愛《かわい》いデザインが、意外に似合っている。

「わざわざすまない」

輝夜は真っ赤な顔でプリントに手を伸ばす。額《ひたい》に汗がビッシリと浮かんでいた。

「風邪《かぜ》だな」

「違う。風邪ではない。鼻《はな》と喉《のど》が痛くて少し熱っぽいだけだ」

「非のうちどころがないくらい風邪の症状《しょうじょう》じゃないか。あれだけ言ったのに、水着で過ごしたりするから」

「くどい。何度言えば分かる。私は風邪などではないぞ」

鼻を垂らしながら訴《うった》えた。

「家族の人は？」

「いない」

「仕事に行っているとか？」

「いや、同居の祖母《そぼ》が町内会の旅行に行ってしまったのだ。いや、予《あらかじ》め言っておくが祖母は悪くないぞ。私が無理に行かせたのだ」

「誰《だれ》も、んなこと言ってねえよ。病院には行ったか？」

「……病院は嫌いだ」

「病院が嫌いって、お前は子供かよ」

「あんなところには二度と行きたくない」

拗《す》ねたように横を向いた仕草が、ちょっと可愛《かわい》かった。

「閣下《かっか》、ちょっといいか？」

「うん？」

振り向いた輝夜《かぐや》の額《ひたい》に錦織《にしきおり》は掌《てのひら》を当てた。熱したフライパンみたいに熱い。かなりの高温だ。

掌を離すと、輝夜が慌《あわ》てたような顔をしていた。

「貴様、なにをする!?」

「なにって、体温測ってんに決まってんだろ？」

「体温？　ああ、体温か」

なにか、安心したように「フウ」と息を吐いていた。

「それ四十度近くあんぞ。すぐに病院行った方がいいって」

「む――、くどい！　なんと言われようと、私は病院には行かない。もう帰れハラグロ！　風邪なんて寝れば治るんだ」

「やっぱ風邪って分かってるじゃんよ。でも風邪って甘く見ない方がいいらしいぜ？」

「うるさい！　いいからもう帰れ！」

「そう言うなら、帰るけどさあ……」

輝夜が蝿《はえ》でも追い払うように手を振るので、錦織は回れ右をした。

と、その時――。

背後でドスンと音がした。

輝夜《かぐや》が扉に寄りかかるように座っていた。

「ちょっ、輝夜！」

そのまま床に倒れこみそうな輝夜の肩を支える。

「大丈夫か？　救急車呼ぶか？」

輝夜はイヤイヤをした。

「病院に行くぐらいなら私は死を選ぶ」

「そこまでかよ！　とにかく寝た方がいいぜ。部屋まで行けるか？」

「当然だ」

輝夜は錦織《にしきおり》から離れると、おぼつかない動きで回れ右しようとする。

「全然、当然じゃないし」

錦織は玄関の中に入ると、輝夜の前に回って腰《こし》を下ろした。

「部屋までおぶってやるよ」

「必要ない。自分の部屋ぐらい、一人で行ける」

「余力ないくせに強がんなよ」

腕《うで》をグイッと引っ張ると、簡単に背中《せなか》に倒れ掛かってきた。錦織はそのまま輝夜をおんぶした。

「屈辱《くつじょく》だ……。今、私の心は恥辱《ちじょく》に満ちている」

背中の上から唸《うな》るような声が聞こえた。

「大体お前も人をおんぶなどして、いつもの喘息《ぜんそく》は出ないのか？」

「出ないぜ。おんぶさせられているんじゃなくて、おんぶしてやっている、だけだからな」

「お前！」

わき腹《ばら》に制裁《せいさい》を加えてきたが、力が入ってないので痛くなかった。

「中、入るからな」

玄関の扉を閉めて、輝夜の足からスリッパを脱がした。

諦《あきら》めたのか、輝夜が錦織の背中に全体重を預けてきた。密着する輝夜の体に、一瞬ドキリとしたが、それよりもグッショリとパジャマが含んだ汗の量に引いた。

「おまっ、汗、かきすぎ。そのまま寝たら体が冷えすぎんぞ」

「いいから、運ぶのなら早く運べ」

「部屋どこ？」

「二階の右」

「了解」

階段は玄関から上がってすぐ横。二階は一本の廊下《ろうか》を挟んで二つドアがある構造だ。右側のドアの前で錦織は一度、立ち止まる。

「ここでいいか？」

「お前は右と左も分からないのか？」

「風邪《かぜ》でも口が悪いのは変わらないな」

少し緊張《きんちょう》しながらドアノブに手を伸ばした。性格と発言と思想に問題があるとは言え、一応、女の子の部屋である。ファンシーなカーテンがかかっていたり、いい匂《にお》いがしたりするんだろうか、と期待に胸《むね》を膨《ふく》らませた。

ドアを開ける。

「ぐおっ」

開けた瞬間、錦織《にしきおり》はよく分からない叫び声を上げた。

ファンシーなカーテンやいい匂いを確認するよりも先に、床を埋め尽くすモノに目がいった。教科書や少女漫画《まんが》や世界地図、CD、ノートパソコン、鞄《かばん》、靴下などが、部屋の床一面に置かれているのだ。なにもないのは奥の壁際に置かれたベッドの上だけで、そこが唯一のオアシスになっていた。

「おまっ、収納って言葉の意味知ってるよな？」

「皮肉を言わず、さっさとベッドまで連れていけ」

「足の踏み場もないぞ」

「なんとかしろ。だが、本を踏むとバチが当たると祖母《そぼ》はよく言う。本だけは踏むな」

「お、おう。努力してみる」

足の先でモノを避けて踏《よ》み場を作りながら部屋を横断していき、ベッドに輝夜《かぐや》を下ろす。すぐに輝夜はゴロンとベッドに横になって、目を閉じてしまう。

「おおおい、閣下《かっか》。そのまま寝るつもりかよ」

「寝ろと言ったのはお前じゃないか」

「その汗でビッショリのパジャマのまま寝たら、体温奪って風邪をこじらせることになるぞ。上だけでも着替えろ」

「面倒だ。このまま寝る」

「いや、マジで肺炎《はいえん》になるかもしれないぜ？」

「うるさいな。だったら着替えを出してくれ。そこの箪笥《たんす》に、なんか入っているだろう」

「まあ、別にいいけど……。入っているの、どこの段？」

「一番下」

引き出しを開けた瞬間、大量の畳まれた黒いパンツとブラが目に入って、錦織の心拍数《しんぱくすう》は跳ね上がる。パンツの横から長袖《ながそで》のシャツとジャージの下を取り出す。

「これでいいか？」

「なんでもいい」

錦織がシャツをベッドの上に置いても、輝夜は起き上がろうとしない。

「ほら、着替えだぞ」

「……」

輝夜《かぐや》は今にも眠ってしまいそうな感じだ。

「どこまで衰弱《すいじゃく》してんだよ。ほら、体、起こせよ」

結局、錦織《にしきおり》が背中《せなか》を支えて、起き上がらせる。

「後は一人でできるよな?」

「……」

「起き上がったまま、事切れんなよ!」

「……うるさいな」

輝夜は寝言のような声で言う。

「着替えぐらい自分でしろよ」

「……」

「だから事切れんなって!」

錦織は肩をユラユラと揺する。

「頭《あたま》、ガンガンする……」

非難の声が弱々しい。相当辛《つら》そうで、放っておくとすぐにもそのまま眠ってしまいそうだ。

「おいっ、輝夜」

「着替えるのもキツいようならオレが着替えさせようか？　いや、誤解しないで欲しいのだが、決してやましい気持ちから言ってるわけじゃないぞ」

「……」

「……どうでもいいから、早くしろ」

「分かった。じゃあやるからな。後で不敬罪《ふけいざい》とか言うなよ」

錦織はベッドに上がって輝夜の正面に座る。

「じゃあ閣下《かっか》、バンザイしてくれ」

「…………」

バンザイをするどころか、返事すらない。

「じゃあ服と一緒にバンザイさせるからな」

震《ふる》える手で輝夜のパジャマの裾《すそ》を持ち、目を閉じた。

（明鏡止水《めいきょうしすい》……。心眼《しんがん》だ。心眼を使うんだ）

暗闇《くらやみ》の中で、錦織は自分に言い聞かせる。

手の先に意識を集中させて、ソロソロと裾を上げていく。

そろそろ脇《わき》の下……、と思った時、
ズキュ――――ン。

意識を集中させた手から、刺激的な感覚が錦織の脳天《のうてん》に突き刺さった。

輝夜《かぐや》の胸《むね》の横が掌《てのひら》に当たっていた。

(ハッ、米倉《よねくら》のような柔らかさはない。だが、これは弾力性《だんりょくせい》!?)

錦織《にしきおり》の心眼《しんがん》には、半裸になった輝夜のシルエットが浮かんでいた。

(ちょっと、見てみたいような……)

裸なら見たことが。その時は胸が漆黒《しっこく》のブラジャーに覆われていた。だが今は生《なま》である。無修正である。たらちねの母である。

おまけに当の本人は病気で朦朧《もうろう》としている状態。がん見しようが、ほんのちょっとサワサワしても気がつかないかも……。

(いやダメだ!　明鏡止水《めいきょうしすい》、明鏡止水!)

錦織は舌を奥歯《おくば》で噛《か》みしめた。

強烈な痛覚により、トップレスな輝夜のシルエットが頭《あたま》の中から掻《か》き消える。

「ふっ。この舌噛《したか》みの奥義《おうぎ》にはこういう使い方もあってね」

口から血を溢《あふ》れさせながら、錦織は無意味にカッコつけた。

痛みが残っている間に、パジャマを輝夜の腕《うで》ごと上へ押し上げる。少し力をかけるとすんなり手が上がって、そのままスルッと脱がすことができた。

「手、上げたままでいろよ」

すぐに横を向いて目を開けると、着替えのシャツを手にして、また目を閉じる。

輝夜《かぐや》の腕《うで》の位置を手探りで見つけようとする。すぐに掴《つか》むことができた。ありがたいことに、言ったとおりバンザイのままでいてくれたようだ。

腕を通すように、シャツを上から被《かぶ》せて手を離した。

「ひゃふっ」

輝夜がよく分からない声を上げていた。

「冷たくて気持ちいいぞよ」

「語尾が変になってんぞ。ちゃんと着てるよな?」

錦織《にしきおり》はえいやっで目を開けた。

裾《すそ》がまくれてへそが出ていたが、ちゃんとシャツに輝夜の上半身は収まっていた。

「じゃあ、次は下。横になって」

「……」

輝夜は無言のままゴロンと仰向けになる。錦織はその横に座って、パジャマのズボンに手をかける。

(な——に、上に比べたら楽勝だ。要はパジャマと一緒にパンツも脱がしてしまうことだけに注意をすればいい……って、パ、パンツも一緒にだと!?)

錦織は自分を励まそうとして、かえってプレッシャーをかけてしまった。

それでも目を瞑《つぶ》って慎重《しんちょう》にパジャマのズボンを下ろし、同じ要領で代えのジャージをはかせた。

「ふ――――――――――――――――――う」

錦織は深く息を吐いた。剣道の試合を五試合、一気に戦いぬいたような気分だった。

着替えさせた輝夜に目を落とす。スウスウと寝息をたて始めた。ハンカチで額《ひたい》の汗を拭《ぬぐ》うと、布団をかけた。

「で、オレはどうすればいいんだ？」

ベッド脇《わき》に立ち尽くす。

「とりあえず、これでも片付けておくか」

放り投げられていた輝夜のパジャマを持ち上げる。

フワッといい匂《にお》いが鼻腔《びこう》に広がった。

「これ、輝夜の匂いだなあ」

ハッとした。

「オレ、最近、マジでどんどん変態になっていってるな……」

窓に映りこむ外の景色が暗闇《くらやみ》に包まれた頃《ころ》、

「う……、う――ん」

唸《うな》り声を上げながら輝夜《かぐや》が目を覚ました。上体を起こしてノビをする。

「よう、起きたか」

錦織《にしきおり》が声をかけると、輝夜はハタと錦織の方を向いて顔をしかめた。

「なぜハラグロが私の部屋にいる？」

「なぜって、おまっ、覚えていないのか？」

「それになんだ、この有様《ありさま》は！」

部屋を見回して怒鳴る。

完全に消えてしまった、床を覆っていた漫画《まんが》や教科書の類《たぐい》やCD。最下層から現れたフローリングの床がピカピカに光っていた。

「暇なんで掃除しといた。本とかは全部、本棚に入れておいたぜ。あと、これ借りてる」

手にしていた少女漫画の表紙を輝夜に見せる。錦織は輝夜が寝ている間、掃除でできたスペースに腰《こし》を下ろし、少女漫画を読んで時間を過ごしていたのだ。

「私が寝ているのをいいことに、勝手なことを……。そんなことをしたら、モノがどこにあるのか分からなくなるじゃないか！」

「というか、あの状況でどこになにがあるのか把握《はあく》できていたのか？」

「当然だ。乱雑なようで完璧《かんぺき》に配置されていたのだぞ」

「まあ、嘘《うそ》だな」

「う、嘘ではない。本当のことだ！　それをお前、片付けるなど……」

輝夜は不満げに唇《くちびる》を尖《とが》らせたが、言うほど怒ってはいないようだった。

「で、調子はどうなんだ？　だいぶよくなったのか？」

「うむ。だいぶよい感じだ」

「どれ」

ベッドに這《は》っていき、輝夜の額《ひたい》に手を当てる。

「確かに体温、下がってるっぽいな」

一度離れてから、輝夜の顔を観察する。

「でも、顔はまだちょっと赤いな」

「うむ。体を起こしているのは、まだしんどいな」

またゴロンと横になってしまった。

「だが、もう少し横になっていれば完全に回復しそうだ」

「オレはもう帰っても大丈夫そうか？」

「え？　ああ、おう、うむ、そうだな」

「明日な。まだキツそうだったら学校には来るなよ。漫才《まんざい》大会の方は、オレたちだけでなんとかやっておくから」

錦織は立ち上がった。

回れ右した背中《せなか》に輝夜《かぐや》の声が飛んでくる。

「ハラグロ……」

「ん？」

振りかえる。輝夜がなにか言いたげな顔をしていた。

「ええっと、その……」

グ————————————————。

布団の中で輝夜のお腹《なか》が盛大に鳴り響く。輝夜は自分でも驚《おどろ》いたように目をパチパチしていた。

「あ——、完全に忘れていた」

錦織《にしきおり》がポンと手を打つ。

「実は掃除する前に、一階のキッチンを使わせてもらって、おかゆを作ってみたんだが」

「おかゆう？」

実に不満そうな顔をする。

「おかゆより照り焼きハンバーガーのがよいな」

「贅沢《ぜいたく》言うなよ。ハンバーガーは消化に悪いじゃないか」

「消化のよいハンバーガーを作ればいい。こう、ドロドロな感じの」

「イヤすぎるだろ、そのハンバーガー！　おかゆで我慢《がまん》しな。今、持ってきてやっから」

一階に下りて、おかゆを作っておいた小鍋《こなべ》を火にかけた。掻《か》き混ぜながら一煮立ちさせると、鍋敷と茶碗類を一緒に持って二階に上がる。

小さなテーブルの上に鍋敷ごと置く。

「さあ、たんと食べな」

「ベッドから出たくない」

「じゃあ、どうすんだよ」

「食べさせてくれ」

「……ったく。着替えも食事も手下にやらせるなんて、どこの王侯貴族様《おうこうきぞくさま》だよ」

「私は『新世界の王』だからな」

ブツブツ言いながら、錦織はテーブルをベッド脇《わき》まで移動させる。

「はいはい。じゃあ、口をあーんと開けて」

「あ――ん」

錦織はスプーンですくったおかゆをフウフウと吹いて冷まし、輝夜の口へ運ぶ。

「ほう、美味《うま》いな」

「だろ」

「照り焼きバーガーの次の次くらいに美味い」

「お前の食べ物の基準はセロリとハンバーガーだけか？」

「ハラグロ、お前、料理も巧《うま》いんだな」

「知らなかったか？　オレはなにをやらせても天才なんだよ。はい、アーン」

「アー――ン」

輝夜《かぐや》の食べっぷりがいいので、鍋《なべ》の中身はどんどん消費されていった。

「その食欲があるなら、明日になれば治ってそうだな」

「うむ。なんとなく元気が出てきた」

ハフハフしながら頷《うなず》く輝夜に錦織《にしきおり》は目を細める。なんとなく幸せな気分だった。

ものの数分で、おかゆは全《すべ》て輝夜のお腹《なか》の中に収まってしまう。

「二回分のつもりだったんだが……」

金属の肌《はだ》が見える鍋底を見て、錦織は耳の後ろを掻《か》いた。

「これ、洗ったら帰るから」

「ハラグロ」

布団の中の輝夜が首を横に向けて錦織を見ていた。

「なに？　まだ食い足りないの？」

「そんなことはない。いや、その、ありがとうな」

目線をそらしてそんなことを言う。

（閣下《かっか》のヤツ、やけに素直じゃないか）

風邪《かぜ》で気持ちが弱くなっているのかもしれない。

「困った時はお互い様《さま》だ。と言っても、オレの体調管理は完璧《かんぺき》なので、こういうことはありえないけどな」

「そうか。さすがだな」

輝夜がゆっくりと上体を起こす。

「おい、大丈夫なのか？　横になってなくて」

「うむ。お腹にモノを入れて、ちょっと元気が出てきた」

ベッドから足を出して錦織の方を向く。

言いづらそうに、口をもごもごと動かす。

「ハラグロ」

「おうさぁ」

「命令だ。今晩、ここに泊まっていけ」

「おうさぁ、って……はっ？」

錦織は、輝夜の部屋の座布団に一人座ったまま、腕《うで》を組んでいた。

（いいのか、こんなところにいて……。オレは）

夏休み二度目のお泊まり。しかし、今度は輝夜《かぐや》と二人きり。同じお泊まりでも意味合いが全然違う。

（でも、病気のクラスメイトを放って帰るというのもな……）

そんな気持ちに、断ったら後で怖いとか、下心とか、色んな気持ちが加わり、総合的に考えた上で錦織《にしきおり》は泊まることにしたのだ。

「こうして見ると、一応、女の子の部屋なんだな……」

入った時は散らかった床ばかりに目が向いて気がつかなかったが、カーテンはレースのピンク色のモノだし、それに合わせてベッドのカバー類も明るい色で統一している。

片付けの時には手をつけなかった壁際の机も、真っ白な西洋調で女の子のモノっぽい。もっとも机の上は掃除する前の床と同じく、表面が見えないくらいモノで覆われていた。

ふと、ブックスタンドの横に置かれた写真立てに目がいく。

赤いランドセルを背負ったムスッと横を向いた女の子が、半紙を持って立っていた。半紙には毛筆で「世界の王に私はなる」と、三行にわたって書かれてある。小学校の時の習字だろうか。

トイレに行っていた輝夜が階段を上がる音がして、部屋の扉が開かれた。両手に布団を抱えていた。

「あ——あ——、また汗をかくようなことを。言ってくれたらオレがやんのに」

「リハビリだ。これぐらい運動をした方が、病気にもいいだろう」

輝夜は布団とカバー類を無造作に床に放り投げた。

「ってか、やっぱオレ、ここで寝るの？」

「違う場所ではハラグロを家に泊まらせる意味がない」

「それはそうかもしれんが」

「寝るまでの間、話し相手になってくれ」

「はあ。話し相手な」

本当にこれでいいのだろうか、と思いながら錦織が敷き布団にシーツをかけていると、箪笥《たんす》の前の輝夜から衣服が顔に飛んできた。

「ありがたく思え。制服では寝づらかろうと、出してやった」

「これ、男物じゃないか。なんでこんなもんがあんだよ」

「時々、ぶかぶかの男物のワイシャツを着て寝たくなることがある。以前、テレビかなにかで見て覚えたのだ。たぶん、一時期流行した健康法だかダイエット法だな」

「そういう生半可な知識で行動するから、学校で変な子だと思われるんだぞ。ってか、これ本当に大きいな」

「ラージサイズの店で買った3Lだからな。それぐらいの大きさだと、もう少しでワンピースというぐらいのサイズだから丁度いい」

「どんだけ超ミニだよ」

一瞬、デカワイシャツを着た輝夜《かぐや》の姿を錦織《にしきおり》は想像してしまう。

輝夜はベッドの上に戻ると、そのまま布団の中に入ってしまった。

「もう寝んのか？　まだ九時だぜ？」

「寝ない。だが、横になってる方が楽だから」

「明かり、暗くするか？」

「問題ない」

蛍光灯《けいこうとう》をグローランプの明かりにして錦織も布団に入った。

「閣下《かっか》は、普段、何時に寝てるんだ？」

「この時間には寝てるな」

「早いな」

「九時間以上、できれば十時間は寝ないと、翌日どうも調子悪くてな」

「睡眠過多《すいみんかた》だな……って、話相手って、こんなことを話していればいいのか？」

「ダメだ」

「じゃあ、なにについて語ればいいんだ？」

「もちろん、『新世界構築《しんせかいこうちく》』について」

「やっぱ、そうなるか」

「なんだ、その不満そうな声は」

「いや、だってそんな話は秘密基地《ひみつきち》でいつも聞いてるから、もうちょっと違う話がいい」

「例えば？」

「閣下自身の話とか。オレ、あんまし、閣下のこと、よく知らないよな。結構、長い時間一緒にいる割に」

「私のことを知ってどうする。敵方のスパイに売り渡すのか？」

美紀《みき》のことが脳裏《のうり》を過《よぎ》って、錦織は少し緊張《きんちょう》した。

「今後も『新世界構築』の活動を続けるにあたって、相互理解を深めていくことは悪くないだろう？」

「ふむ、まあ一理あるな。それで、私のなにが知りたい？」

「とりあえず趣味とか？　休みの日の過ごし方とか、好きな食べ物……は知っているな……まあ、そんなどうでもいいようなことだ」

「趣味は特にない。敢えて言えば漫画《まんが》を読むことだが、あれは趣味というよりは恋愛の代償行動であって趣味以上の意味を持つ。休日の過ごし方は、もっぱら『新世界構築』の暁における政治体制の立案に時間を割《さ》いている」

「なるほど。想像どおりだな」

「他《ほか》に知りたいことは？」

「初恋の相手のこととか」

「そんな者はいない」

バッサリ切り捨てるような言い方だ。

「いないのかよ。幼稚園とか、小学校の時とか……」

「過去にも言ったが、『新世界構築《しんせかいこうちく》』には膨大な時間が必要だ。恋愛などに割《さ》く時間などない。そういう願望は漫画《まんが》で補完すればよい……と、幼稚園年長の時に固く決心した」

「恋愛を諦《あきら》めるの、早すぎだろ」

「そういうハラグロはどうなんだ？　お前の初恋は？」

「オレ？　オレはさあ、これがよく分からないんだ」

「なんだ、そのよく分からない、とは」

「オレってルックスは爽《さわ》やかだし、運動できるし、頭《あたま》もいい、いわば完璧《かんぺき》人間だろ？」

「……」

「幼稚園の頃《ころ》からそうだから、モテモテだったんだよ」

「…………」

「最初は俺《おれ》、好意を寄せてくれる女の子、全員にいい顔をしていたんだ。でも、当時のオレはまだ若かったから、そのうち、その中の一人を好きになって、その子ばかり相手するようになったわけ。そうしたら、ある時、他《ほか》の女の子たちがオレを取り囲んで、暴力を振るってきたんだよ。ボコスカと。蹴《け》ったり、殴《なぐ》ったり……。恋愛感情が憎しみに変わったという感じかねえ。モテすぎるのも罪だよな」

「…………」

「で、そんなことがあったんで、オレは誰《だれ》か一人の人間と付き合ったりするのはやめて、みんなに等しくいい顔をし続けることに決めたんだけど……って、なんの話だったっけ?」

「初恋の相手の話だ」

「ああ、そうだった。だから初恋というのはその好意を寄せてくれていた女の子の中の一人だったと思うのだけど、なにしろ、当時、オレの周りには沢山《たくさん》女の子がいたから、誰だったかよく覚えていない」

「ハラグロ……」

「なに?　閣下《かっか》」

「私も自分が標準的な性格の人間とは思っていないが……、お前も相当、歪《ゆが》んでいるな」

「まあハラグロだからな」

「今度はお前の質問の番だぞ」

「いつから代わりばんこになっていたんだよ。まあ、いいや、じゃあ、あんましどうでもいいネタから。閣下の血液型は?　オレの見立てではAB型なんだが」

「正解だ」

少しだけムッとしたような声だった。

「だったらハラグロはA型だな」

「まあ、合ってはいるけど。オレの予想では六道《りくどう》はO型、米倉《よねくら》がB型だ」

「確かに、そういう気はするな」

輝夜《かぐや》がフッフッフと笑う。それに釣られて錦織《にしきおり》も笑ってしまった。

「あのさ。閣下《かっか》」

「なんだ?」

「いや、やっぱなんでもない」

「言いかけたことを途中で止めると、三日以内に不幸な死に方をする……と、祖母《そぼ》はよく私に言う」

「お婆ちゃんの知恵袋《ちえぶくろ》を超越《ちょうえつ》して、ただの迷信だろそれ」

「で、なんなんだ? 私になにを言おうとした」

「いや……そのさ」

言うべきかどうか逡巡《しゅんじゅん》する。

「特定の人間とは付き合わないと決めたオレが言うのもなんだけど……、さっき言っていた、『新世界構築《しんせかいこうちく》』の活動をしていると恋愛できないってやつ。意外と両立できるんじゃないか? 同時進行でいく感じで」

「……」

「今日みたいに病気の時も、参謀《さんぼう》よりも好きなヤツに看病してもらったら幸せかも、だぜ？」

「……」

「そうは思わないか？」

返事がないので輝夜の方を向いた瞬間、枕《まくら》が飛んできて錦織の鼻《はな》に激突した。

「なんでそこで枕投げなんだよ」

「す、すまん。なぜだか分からんが、体が勝手に動いたのだ」

輝夜は本当に狼狽《ろうばい》したような表情をしている。

「オレの爽《さわ》やかフェイスが崩れたらどうすんだよ」

枕をゆっくりと投げ返すと、輝夜はまた仰向けになった。

「なんだか急に眠くなった。私は寝る」

「え？　ああ、うん。分かった。じゃあ、お休み」

まだ少しも眠くなかったが、錦織も顔を天井に向けた。

すぐにス――――、ス――――、と輝夜の寝息が聞こえてくる。

「寝つき、よすぎだろ！」

錦織が思わず大声でツッコミを入れても、輝夜はそのまま寝息を立てている。

「まっ、いいか」

大して話し相手にはならなかったな、と思いながら錦織《にしきおり》も目を閉じた。


「グハッ」

腹部《ふくぶ》に強力な圧迫感を覚えて、錦織は目を覚ました。

目に入るグローランプの明かり。一瞬、自分がどこにいるのか分からなくなっていた。

寝ている布団の横に立っている人物を見て、ようやく自分の置かれた状況に気がつく。

ここは輝夜《かぐや》の家の、輝夜の部屋。錦織はそこにお泊まりしているのだ。そして、恐らく自分の腹を踏みつけたのは、布団の横に立っている輝夜である。どうやらトイレにでも行って、帰ってきたところらしい。

輝夜の体が突然フラッと揺れたかと思うと――。

バタン。

錦織の横に倒れこんだ。

「おまっ、どこに寝てんだよ。お前の寝床は向こうだろ」

錦織は慌《あわ》てて叫ぶ。だが輝夜は目を半開きにして、スルルースルルーと艶《なまめ》かしい寝息を立てていた。

「輝夜？　起きてるのか？」

「……」

返事の代わりに綺麗《きれい》な桃色の唇《くちびる》が、寝息のリズムと一緒に可愛《かわい》くピコピコと動いている。視線を少し下に落とすと、大きく開いたシャツの襟元《えりもと》から、輝夜の胸《むね》の谷間が見えそうになっていた。

ハラグロ優等生ではあったが、錦織も健全な男子高校生である。次第に体中が興奮《こうふん》してきた。

（ゴクリ……）

錦織は生唾《なまつば》を飲みこむ。

（まさか、輝夜のヤツ、オレを誘惑してるのか――？）

そんな風に思えてきた。

輝夜の半開きの目を凝視する。起きているような気がしてくる。

（きっとそうだ。そうじゃなきゃ、クラスメイトの男子を部屋に泊めたりするはずがないもんな）

ならば希望に応《こた》えるのが臣下《しんか》としての義務ではないか。

デンパを撒《ま》き散らさなければ、容姿だけなら、輝夜は文句のつけどころのない女の子である。ピコピコ――。ピコピコ――と、動き続けている唇。ほんの少し湿っていて、なんとも柔らかそうだ。

（よし、じゃあいただきます）

錦織《にしきおり》は輝夜《かぐや》の肩に手を回すと、ゆっくりと体を引き寄せながら輝夜の唇《くちびる》に狙いを定めて顔を近づけていく。

輝夜の寝息が、錦織の鼻《はな》の頭《あたま》にかかるくらい顔が近づいた時、
パチリ。

半開きだった輝夜の目が開いた。

「な、なんだ⁉」

異常に気がつき、焦りの声を上げた。それでも、錦織はそのまま自分の唇を近づけていこうとする。

ニュッと輝夜の手が伸びてきて錦織の鼻を摘《つま》んだ。

「あうっ！」

錦織は悲鳴を上げた。

万力《まんりき》で挟まれたような強烈な痛みだった。あえなく接近させた顔を引いたが、輝夜は鼻を摘む手を離そうとはしなかった。

「ハ、ハラグロ！　お、お前、今、なにをしようとしていた？」

輝夜は上体を起こすと、摘んだ鼻を引っ張って錦織も起き上がらせる。

「イテテ、痛いって。鼻の骨が折れる。折れるって」

「なにをしようとしていたのか私は聞いている」

「言う。言うから、この手を離してくれ」

輝夜は警戒《けいかい》するように、ゆっくりと指を離す。

「その前に、輝夜、まさか寝ぼけていただけなのか？」

「私は寝ぼけたことなどないっ！」

「じゃあオレの布団に入ってくんな。紛らわしいよっ！　……って、いや、なんでもない。オレが悪かったから、また鼻を摘もうとするのはやめてくれ」

「とにかく吐け！　私に顔を近づけて、なにをしようとしていた!?」

「いや、だから、閣下《かっか》の唇がさ、目の前にあってさ」

「あって!?」

「……唇の上におかゆにかけた海苔《のり》がついていたから、取ろうかと……」

「海苔だと!?　どこにそんなモノがついているというのだ!?」

輝夜がゴシゴシと指で唇を擦《こす》る。

「ついてないじゃないか！」

「さっきまでついてたんだよ」

「本当にぃ？」

「本当だって」

「ふむう、そうか……。海苔《のり》か」

ややや拍子抜けした顔になった。

「私はてっきり……」

「て、てっきり？」

「謀反《むほん》かと」

「謀反!?」

「ハラグロが口移しで、私に毒を盛ろうとしていたのではないかと思った」

「いや、ありえないし！　第一、毒盛るなら、さっきのおかゆを使うって」

「なに!?　かゆに毒を盛ったのか！」

「仮定の話だっつ――――の！」

「ふ――む」

輝夜《かぐや》は不審《ふしん》の目を錦織《にしきおり》に向けていたが、やがて小さく欠伸《あくび》をして立ち上がった。

「ならば問題ない。また寝るとしよう」

「ああ。ちゃんと自分の寝床でな」

ベッドに戻る輝夜の背中《せなか》に向かって錦織が言う。

「なあ輝夜。さっき、本当に寝ていたのか？」

「さっきって、いつだ?」

「だから……いや、なんでもない。じゃあ……、またお休みな」

「うむ」

錦織はまた仰向けになると目を閉じた。

瞼《まぶた》に焼きついた輝夜の唇《くちびる》がいつまでも消えず、なかなか寝つけなかった。

☆

「う、う──ん」

翌朝、鳥の囀《さえず》りとカーテンの隙間《すきま》から差しこんでくる陽《ひ》の光で錦織は目を覚ました。

立ち上がり、ベッドで熟睡《じゅくすい》している輝夜を見下ろす。顔色は悪くない。風邪《かぜ》は順調に回復している様子だった。

輝夜が布団に入りこんできた時のことを思い出す。

(あれ、やっぱ寝ぼけていただけなのか……)

ほっとしたような、ちょっと残念なような奇妙な気持ちだった。

「さて、どうすっかなあ」

部屋を出た錦織は息を吐いた。

今日も『夏スペ』がある。一度、家に帰ってシャワーは浴びておきたいところだが、玄関の扉を開けたまま、眠る輝夜《かぐや》を一人置いて帰るわけにもいかない。

「とりあえず顔でも洗って、起きてくるのを待つか」

一階に下りると錦織《にしきおり》は風呂場《ふろば》の横の洗面台に向かった。

新鮮な水で顔を洗い、籐《とう》でできたタオル入れから新しいタオルを一枚取る。

積み重ねられたタオルの一番下に、なにか黒っぽいモノが見えた。見覚えのある、黒い革のような質感のモノだ。

錦織はタオルの山の中に震《ふる》える手を入れていき、黒っぽい塊《かたまり》を中から引き抜いた。

（こ、これは……！）

錦織は瞳《ひとみ》を見開き、フフフ、ハハハと笑った。

④ ハラグロ日和《びより》

　腹の奥の方からこみ上げてくる笑いの感情をグッと、堪《こら》えながら、錦織はいつもの通学路を歩いていた。

　結局、予定どおり、輝夜が起きるのを待って、家に帰り、シャワーを浴びてからの登校。心はウキウキと羽根が生えたかのように軽かった。

「おっはよう——、錦織くん」

　校門前まで来た時、後ろで明るい声がした。六道《りくどう》だ。

「おはよう、六道。今日も元気そうでなによりだ！」

　六道は不審《ふしん》な表情になった。

「どしたの？　錦織くん、なんかあった？」

「なんで？」

「なんというか、妙に機嫌《きげん》がいいというか、ハイテンションというか、ラリっている風というか……」

「ハッハッハ。そんなことはないさ。オレはいつでもハイテンションのバリバリだぜ」

「ハイテンションのバリバリ!?」

「まあ、気にすんな。そのうち、分かるさ」

ハハハと笑いながら、錦織《にしきおり》はパンと六道《りくどう》の背中《せなか》を叩《たた》く。ますます六道は不審《ふしん》な顔になって、首を傾《かし》げていた。

「そういえば……、閣下《かっか》は今日、来られそうなの？」

六道は声を潜める。

「ああ、それは大丈夫だと思う。行けそうだ、と言っていたぞ」

「言ってた？　今朝《けさ》、電話したの？」

「ああ、そんなところだ」

実際は、家に帰る前に直《じか》に聞いたのだ。

「そうだよねえ。漫才《まんざい》大会の応募締め切りだもんね。ボスが来ないわけにはいかないか」

「うむ。フフ、ハハハ」

「え？　なに今の笑いは!?」

「失礼。今日は朝から心がウキウキしていてさ」

トリートメントしたばかりの前髪《まえがみ》をハラリと掻《か》き上げる錦織に、六道はまた首を傾げる。

「そういえば昨日、あいふぉんと最後の練習をしたんだけどね……」

「フフフフ」

「ちょっ、錦織くん、聞いてる？」

「もち、聞いているさ、ハニー」

「ハ、ハニー!?」

「それでどうだった？」

六道はＶサインを作る。

「もう完璧《かんぺき》。あいふぉん、メチャクチャ上達しちゃっていて、六道のボケと対等……いや、それ以上のツッコミを入れるまでに成長していたよ」

「へ――、やったじゃ――ん」

「や、やったじゃん？　なにその中途半端なリアクション？」

「そう？　オレってば、昔からこんな感じだったじゃん」

「じゃん!?　やっぱり、今日、錦織くん変だよ。どうしちゃったの。なにか変なモノでも食べた？」

「朝食なら今朝は時間があまりなかったから、ウィダーでバッチリ決めたって感じかな」

「ワオ、ちょっとク――ル！」

「でも、確かに。六道の言うとおり、オレは昨日までのオレとは違うかもしれない」

「と、言うと？」

錦織《にしきおり》は自分をビシッと親指で指した。

「今日のオレだっ！」

「はっ？」

「フフフフ」と妙な笑い声を上げながら、錦織は呆然《ぼうぜん》とした顔の六道《りくどう》を残して校門を通り過ぎていった。


登校した錦織はその足で男子トイレに行き、そのまま個室に入った。

鍵《かぎ》をかけたことをしっかり確認し、胸《むね》ポケットから黒い手帳を取り出す。金糸《きんし》の刺繍《ししゅう》で『ＥＩＫＯＵＮＯ　ＫＩＳＥＫＩ』というタイトルのついた黒革の手帳。錦織が高校進学と同時につけ始めた十二冊目。ずっと輝夜《かぐや》に奪われていたものだ。

「よくぞ無事で戻ってきた——」

錦織は手帳に頬《ほお》ずりをする。

「まさかあんなところに隠しているなんてな」

輝夜の家のタオル置き場で発見した。輝夜の家にお泊まりしておきながら、まったく手帳を探す気はなかったのに本当に偶然だった。

「これでオレは、魔王女《まおうおんな》の言いなりになる必要はない……」

まだ携帯電話に録画されたキレた動画もあるが、あれだけならいくらでも言い訳ができるはずだ。

手帳を胸ポケットに戻しながら、錦織は秘密手帳を奪還したことの意味を考えてみる。召集《しょうしゅう》があっても断れる。無茶な作戦に参加しなくてもいい。……もっと根本的に、輝夜をずっと無視することも——。

「でもオレ、約束しちゃったしなあ」

ずっと側《そば》にいる、と。

ゲリラ豪雨《ごうう》で学校がピンチになった時、大雨の中で錦織は輝夜にそう誓ったのだ。

「緊急時だったとはいえ、なんでオレはあんな約束をしてしまったんだあ」

錦織は頭《あたま》を抱えた。約束を完全に破棄することはできる。しかし、雨の中に立っていた輝夜の顔や、今まで一緒に行動した時のことを思い返すと、なんとなくそれはしたくない。

「でも、あいつはオレのこと、ただの手下としか思ってないんだよなあ」

輝夜に摘《つま》まれた鼻《はな》を押さえる。手帳を取り返したら取り返したで、新たな悩みが生まれていた。

「おはよう、錦織くん」

トイレから廊下《ろうか》に出た時、背後から声をかけられた。

振り返ると、美紀《みき》がフワフワウエーブの髪《かみ》をサラリと掻《か》き上げていた。舞《まい》は微笑《びしょう》を浮かべて腕《うで》を組んでいる。

「おはようございます、美紀《みき》先輩、舞《まい》先輩」

美紀は近くに誰《だれ》もいないことを確認すると、スタタタ歩きで錦織《にしきおり》に接近してきた。

「昨日一日、調べてくれた？」

「ええ、一応」

「それでなにか分かった？」

「いや、えっと、その……」

錦織は耳の後ろを掻《か》いた。

（もうちょっと情報を出してもいいか）

昨日までとは違う。手帳がある以上、いつでも輝夜《かぐや》から離れられるのだから。

「参考になるかどうか分かりませんが、一つ気になる情報があります」

「本当!?」

美紀が大きな瞳《ひとみ》を一際大きくした。

「いや、本当に大したことじゃないかもしれないんですけど……」

「どんなことでもいいから。とにかく教えて」

「輝夜のヤツ、今度ケーブルテレビが主催《しゅさい》する漫才《まんざい》大会に興味を持っているみたいです」

「〝うち〟でやる漫才甲子園《まんざいこうしえん》？」

「ええ、それです……」

胸《むね》がざわついた。本当に言ってよかったのか、不安になってきた。

「どうしてそれが分かったの？」

舞が不思議そうな顔をする。

「大会のチラシを持っていたから単純にそう思っただけなんですけどね」

「漫才大会か……。輝夜真央《まお》、一体、なにを企《たくら》んでいるのかしら？」

美紀が腕《うで》を組んだまま手を口に当てて考える。

「美紀、爪を噛《か》んでるわよ」

「あっ」

美紀は頬《ほお》を赤くして慌《あわ》てた様子で腕を解いた。直そうと思っている癖《くせ》らしい。

「錦織くん、ありがとう。もしかしたらものスゴく貴重な情報かもしれないわ。さらに漫才大会でなにをしようとしているのか、調査をよろしくね」

美紀は爪先《つまさき》立ちして錦織の肩をポンと叩《たた》くと、舞を引き連れ、またスタタタと歩いていってしまった。

☆

「最近、うちのご主人様、なんだか情緒不安定《じょうちょふあんてい》なの。どうしちゃったんだろ」

「どんな風に？」

「お屋敷に戻られた時、『お帰りなさいませ、ご主人様♪』ってお迎えしたら、いきなり
『……し、静まれ……俺《おれ》の左腕《ひだりうで》……ッ！』って」

「店主、中二病かよっ！（パシッ）」

『夏スペ』三日目の午後。秘密基地《ひみつきち》では、六道《りくどう》と米倉《よねくら》による漫才《まんざい》の撮影が行われていた。

撮影道具はデジカムと三脚。輝夜《かぐや》が家から持ってきたモノだ。

「『ザ・メイドーズでしたー』」

メイド服姿の六道と米倉が頭《あたま》を下げると、輝夜は停止ボタンを押した。

「閣下《かっか》、どうだった？」

六道が輝夜に駆け寄って、再生を始めたデジカムのミニ液晶画面を覗《のぞ》きこんだ。

「うむ。悪くなかった。よくやった。感動した」

輝夜が満足そうに頷《うなず》く。

「少なくとも漫才として成立はしているから、後はメイド服とあいふぉんの可愛《かわい》さだけで、
予選ぐらいなら突破できないかな？」

「それはライバル次第だな。とにかくすぐに編集して今日中に送る」

デジカムの電源を切って取り出したフラッシュメモリーをケースに入れていた。

「できれば撮影の前に錦織《にしきおり》くんに一度、見てもらいたかったのですが……」

米倉が残念そうな顔をしていた。

「いつまで待っても来ないのだから仕方がない。ハラグロのヤツ、最近、たるんでないか？」

「なんか緊急の用事かな？」

「さあ。そういう感じでもなかったと思いますけど……」

輝夜が招集のメールを五回送ったにも拘《かか》わらず、未《いま》だに錦織は秘密基地に顔を出していない。なにか用事なら誰《だれ》かの携帯電話に連絡してきそうなものだが、それもない。

「今日の錦織くん、朝からちょっと変だったから……」

「なに？」

「どんな風にですか？」

輝夜と米倉が一斉に六道の方を見る。

「いや、なんか、いつになくハイテンションだったし、おかしなことを言ってた。自分は昨日までの自分とは違うとかなんとか……」

「なんだそれは」

「どういう意味でしょう？」

三人娘は首を傾《かし》げる。

「むっ」

「あっ」

輝夜《かぐや》と米倉《よねくら》が同時に声を上げた。

「もしかすると、ハラグロがおかしくなったのは私のせいかもしれないな」

「原因は私かも……」

「えっ？　えっ？　二人とも心当たりあり？　ない六道《りくどう》の立場は一体!?」

「ほう。ちなみにセクシーの心当たりというのはなんだ？」

「いや、その……」

米倉は顔を赤らめて少し俯《うつむ》いた。

「それってもしかして、例の事件？」

「なんだ、その例の事件とは」

「あいふぉん、言ってもいいかな？」

下を向いたまま、コクコクと頷《うなず》いていた。

「一昨日《おととい》の夕方ね、あいふぉん、錦織《にしきおり》くんと漫才《まんざい》の練習をしていたんだって。それでね。ツッコミの練習の時、錦織くんの手があいふぉんの胸《むね》に……」

「なに!?　ハラグロがセクシーの胸を揉《も》みしだいただと!?」

「あうあうー!!　揉まれてません！　軽く触れただけです。フェザータッチです」

米倉は首から額《ひたい》までを真っ赤にして主張する。

「ということは、昨日までの自分と違うというのはなんだ……？」

輝夜《かぐや》と六道《りくどう》はハッと顔を見合わせた。

「……あいふぉんの胸《むね》を揉《も》む前の自分と、揉んだ後の自分⁉」

「だから揉まれてません！　それに揉まれたのは、じゃなくて、えーっと、事故があったのは一昨日《おととい》です。話が合わないじゃないですか。まじめに話してください！」

「それは確かにそうだな」

「じゃあ、なんなんだろう……。ちなみに閣下《かっか》の心当たりというのは？」

「セクシーに比べると取るに足らないことだが……」

輝夜は腕《うで》を組んだ。

「実はハラグロ、昨日、私の家に泊まったのだ」

「泊まった⁉」

「お泊まりですか⁉」

黄色い悲鳴のような声が上がった。

「昨日、私は風邪《かぜ》で学校に行かなかった」

「知ってるよ。それで、錦織《にしきおり》くんがプリントを持っていったよね」

「うむ。丁度、ハラグロが来た時は、一番、調子が悪かった時で、ハラグロが看病してくれたのだ。で、昨日は家に誰《だれ》もいなかったので、泊まるように命じた」

「キャ――！　不潔《ふけつ》よ、閣下。不潔だわ！」

「じゃあ、二人っきりの夜だったんですね！」

六道と米倉《よねくら》が、鼻息《はないき》を荒くして、顔を輝夜に近づける。

「じゃ、じゃ、じゃあ、閣下。そのお泊まりの時になにかあったということ!?」

「夜、なにか人生の転機になるような事件があったのですか？」

「いや、特になにもなかったと思うが」

「ホントにー？」

「うむ。大半の時間は寝ていたからな」

「じゃあ、寝ている間に錦織くん、閣下に胸タッチ以上のなにかとんでもないことを……」

「錦織くんはそんな人じゃありません」

「そういうこともなかったと思うが……」

輝夜は腑《ふ》に落ちない様子で腕を組む。六道と米倉はホッとしたように顔を見合わせた。

「じゃあ錦織くんの様子が変なこととは関係なさそうですね」

「う――ん。じゃあ、なんなんだろう？？」

その時、ノックの音がして秘密基地《ひみつきち》の扉が開かれ、錦織が現れた。

ドアに背中《せなか》を預けて人差し指と中指をくっつけたポーズを決めると、「ハーイ」と挨拶《あいさつ》する。三人とも「これはおかしい」と思った。

「ハラグロ、遅刻だぞ。午後になったらすぐに来るように言ったはずだぞ。もう漫才《まんざい》の撮影はすんでしまった」

「メンゴ、メンゴ。夏スペの後、また色んな人から質問を受けたから、それに答えないといけなくてね。人気者は辛《つら》いよね」

ハラリと前髪《まえがみ》を掻《か》き上げてみせた。

「それで？　予選用のテープ、どんな感じ？」

「中身を確認するか？」

「二人ならきっと大丈夫だと思うから、別にいいよ、まおりん」

「ま、まおりん!?」

六道《りくどう》の声が裏返った。

輝夜《かぐや》がピクピクとコメカミを動かした。

「秘密《ひみつ》基地《きち》内では私のことを閣下《かっか》と呼ぶように言ったはずだが」

「そう堅いことを言うなよ。まおりん」

「ハラグロ、お前……」

長い睫毛《まつげ》に縁取られた目を逆三角につり上げる輝夜。だが、錦織《にしきおり》はヘラヘラした笑いを浮かべたままだ。

二人を交互に見比べる六道と米倉《よねくら》は首を捻る。

「お前……、クーデターでも起こす気か」

「やだなあクーデターだなんて。そんな大それたことを起こす気はないよ」

錦織は秘密基地へ入ってくると、プレゼンをする外国人のように両手を広げてカッコつけた。

「ただ、昨日までの錦織貴《たかし》という存在は消滅し、今日から新たな錦織貴という存在が誕生した……。それに伴ってちょっと人の呼称が変わることもある。そういうこと」

「つまりなにが言いたい？」

「オレは翼を手に入れた。狭い鳥かごから世界に羽ばたくための翼をね」

錦織はサッと胸《むね》ポケットから黒い手帳を取り出し掲《かか》げた。

「そ、それは！」

六道が目を見開く。

「かなめ、知ってるの？」

「よく分かんにゃい」

輝夜はピクリとも表情を変えず、錦織を見ていた。

「ふむ、なるほど。ハラグロがおかしくなった原因はそれか。私の家で見つけたのだな？」

「そういうことだ」

「さすがだな。私ですらどこに隠したか忘れていたというのに」

「あの約束があるから、見捨てたりはしない」

錦織《にしきおり》はクールじゃなくなっていたのを誤魔化《ごまか》すように前髪《まえがみ》を掻《か》き上げた。

「とにかく、オレはもう閣下《かっか》の指図は受けない。あの約束があるから、見捨てたりはしないが、今までみたいに呼び出されたらすぐに来たり、無理な作戦に参加したりはしない」

スッと輝夜《かぐや》を指差した。

「趣旨《しゅし》は分かった。しかし、ハラグロ。お前は大事なことを忘れている。その手帳を取り戻しただけでは、私に逆らえない」

「携帯電話の動画のことか？　あれだけならいくらでも誤魔化せるはずだ」

「違う。そんなモノではない。教えてやろうか？」

輝夜は不敵に笑いながら、錦織へ近づこうとする。

「い、いや、オレは翼を手に入れたんだ。自由に羽ばたけるんだも――――ん！」

錦織は仰《の》け反るようにして怯《ひる》むと、回れ右した。猛ダッシュで扉の向こうに走り去っていってしまう。

「閣下、いいの？　行かせちゃって……」

「今日のところは自由にさせてやる。呼び戻す必要ないしな」

輝夜はパイプ椅子《いす》に座ると、机の上のノートPCにフラッシュメモリーを挿してキーボードを叩《たた》き始めた。

「あの黒い手帳はなんなんですか？」

「錦織のハラグロさがビッシリつまった秘密手帳だ」

「その手帳を使って錦織くんを思うがままに操っていたんですね」

「まあ……そんなところだ」

輝夜はディスプレイを見続けながら答える。

「閣下のその余裕はなに？　もしかして全部コピーしておいて、あれはダミーとか？」

六道《りくどう》は心配そうに輝夜の表情を窺《うかが》う。

「ふむ。それはいいアイディアだな」

「違うんだ。でも、じゃあなんで？」

「それは、私は手帳だけでなく、ハラグロの大切なモノを掴《つか》んでいるからだ」

輝夜はキーボードを打つ手を止めて六道を見た。

「胸《むね》キュ――――ン!?　それってもしかして、ヤツは大切なモノを奪っていきました。それはあなたの心です、みたいな感じ!?」

「いや。全然違う」

再びパソコン画面に戻る。

六道と米倉《よねくら》は顔を見合わせた。

「あのお、閣下。実はこのことは六道やあいふぉんにとっても重要なことなんですけど。

本当に、手帳がなくても錦織《にしきおり》くんは基地《きち》に来てくれるの？」

「やってみないと分からんな」

「やっぱり不確実なんだ」

不安そうな声を出す。二人とも錦織に誘われて「輝夜《かぐや》の愉快《ゆかい》な仲間たち」に入ったようなもの。錦織がいなくなるかどうかは気になるところだ。

「ねえ、閣下《かっか》」

六道《りくどう》はノートPCと輝夜の間に首を突っこんで、なにか企《たくら》むような表情を浮かべた。

「あの手帳、取り返しちゃおうよ」

「ほう。というと？」

「閣下は警戒《けいかい》されていると思うけど、六道とあいふぉんなら意外と簡単に奪えるんじゃないかと思うの」

「え？　私も？」

米倉《よねくら》が驚《おどろ》いたように自分を指差す。

「あいふぉんも、錦織くんはいた方がいいと思わない？」

「それはそうですけど」

「だったら取り返すしかないよ。ねえ、閣下、やってもいいよね？　ねえねえ」

六道は輝夜の肩を持ってグラグラと揺らした。

☆

「ふ――――。なんて清々《すがすが》しい朝なんだ」

目覚めたばかりの錦織は、上体を起こし、両腕《りょううで》をグッと伸ばして首を動かした。

「こんなに気持ちのいい朝は、久しぶりかもしれない」

高校に進学して、輝夜に秘密手帳を奪われて以来、いつ秘密がバレるかと不安な日々を送ってきた。

「でも、そんな日々にもバイバイ」

錦織はパジャマのポケットから黒い手帳を出す。『栄光《えいこう》の軌跡《きせき》』。取り返して以来、ずっと肌身《はだみ》離さず持ち歩いている。

「オレはもうお前を離さない」

グッと手帳を抱きしめた。

「でも、案外、輝夜、落ち着いていたよなあ」

前日、秘密基地《ひみつきち》で『栄光の軌跡』を見せた後の輝夜を思い出す。もう少し焦ると思っていたが意外と冷静だった。

「まっ、いつものハッタリだな」

しかし、あれ以来輝夜《かぐや》から一度も連絡がないのは不吉な予感と同時に、少し寂しいような気も――。

「いや、そんなことはない！」

錦織《にしきおり》は首を振りながらベッドから下りた。イヤイヤ協力していた輝夜の『新世《しんせ》界構築《かいこうちく》活動』からおさらばできる。喜ばしくても寂しいなんてことはありえない。

部屋を出て、階段を下りる。

誰《だれ》もいない一階。両親はいつもどおり出勤。妹は朝早くからどこかに遊びに行ってしまっていた。

ダイニングのテーブルに置いてあった、パンと目玉焼きを食べる。

「う――――ん、今日はどうしようかなあ」

今日は『夏スペ』が休み。なにも予定のない夏休みは久しぶりだ。なにをすればいいのか、すぐには浮かばない。

「午後になったら秘密基地《ひみつきち》に顔を出してみるか……って、それはダメだろ！」

一人ノリツッコミ。今日、一日くらいは輝夜フリーで過ごしたい。

「新聞でも取りに行くか」

寝すぎの欠伸《あくび》をしながら、玄関の扉を開いた。

ポーチに人影があった。

「来ちゃった……」

わざとらしい深刻《しんこく》ぶった顔でそんなアホなことを言う人間は、錦織の知る限り一人しかいない。六道《りくどう》かなめである。黄色いキャミソールに白スカートにサンダルと夏の装いだ。

バタン、と錦織はそのまま扉を閉じた。

「ちょっ！」

閉じた扉を外からバンバン叩《たた》かれて、インターフォンが何度も鳴った。借金の取り立て人のようだ。

錦織はリビングまで戻って、インターフォンの受話器を取った。

「なんの用？」

「うわっ。一言目から冷たい！」

「用がないなら、サヨナラ」

「いや、ちょっと！　用ならあるよ。夏休みの宿題！」

置こうとした受話器から、悲鳴のような声が聞こえた。

「宿題ならオレはもう終わってるけど」

「それはもうよーく知っていますです。六道が夏スペで頑張ったら、そのパーフェクトなノート貸してくれるって約束、お忘れでしょうか？」

「そういえばあったような、なかったような……。じゃあ、とにかくノートを渡せばいいね？　二階の窓から落とすからキャッチ、よろしく」

「絶対《ぜったい》零度の冷たさ⁉　いや、できれば錦織《にしきおり》くんの家で勉強させて欲しいな、と」

「なんで宿題写すのに家に入ってこないといけないわけ？」

「今日、家族の人とか、いたりするの？」

「いや、いないけど」

「よっしゃっ」

「いや、よっしゃっ、って。やっぱダメだ。絶対に入れない！」

「あ——あ、困ったなあ。もう、あいふぉん、どうしよう——」

「なに米倉《よねくら》？　米倉もいるのか？　それならそうと早く言ってくれよ」

錦織は受話器を置くと二階へ行き、超高速でパジャマから白ズボンと白のサマージャケットに着替え、鏡の前で髪《かみ》を整えて、またドタドタと一階に下りた。

「お待たせ」

玄関の扉を開けて、キラリン！　と歯《は》を光らせた。

「わっ。なんかクールに変身した。さっきまでパジャマだったのに」

「ってか米倉は？　米倉はいずこ？」

「あいふぉんなら後から来るよ」

「おまっ、たばかったな！」

「お邪魔しまーす」

六道《りくどう》は扉を自分で開けて、家の中へ侵入してきた。

「本当に後から米倉、来るんだろうな？」

「うん、来る来る、きっと来るよ。信じれば夢はかなう」

「ちょっ、おまっ、どっちなんだよ」

「まあまあ、どっちでもいいじゃん」

既に靴を脱いで上がりこんだ六道が、振りかえって笑う。錦織はため息をつきながら玄関の扉を閉めた。

「そういえば錦織くんの家に来たのはこれが初めてだよね」

「っていうか、オレ、人を家に呼んだこと一度もないし」

危険だから。自分の家だと、普段隠している本性をうっかり出してしまうかもしれない。

「ってことは、六道が一人目？　六道、選ばれちゃったの？　というか選民思想？」

「なに言ってんだよ。勝手に上がりこんできただけじゃないか」

「錦織くんの部屋はどこ？」

「二階……、って勝手に上がろうとするなよ」

階段を上がり始めた六道を追いかける。二階で追いつくと、自室のドアの前に通せんぼするように立った。

「ってか、宿題、オレの部屋でやんの?」

「ダメ? なんか見られちゃいけないモノがあるとか?」

「んなもんはない……。じゃあ、まあ、ここですっか」

錦織《にしきおり》はドアを開いて六道《りくどう》を招きいれた。

「わ――お。結構、片付いているね」

全体的に白と黒で統一された部屋。あらゆるモノが片付いていて、あるべき場所に収まっている。ベッドの布団には清潔感のある白いカバーがかけてあり、つい先ほどまでそこで寝ていたことを感じさせない。

「別に綺麗《きれい》好きというわけじゃないけど、片付いていないと効率が悪いからね。あ――、適当に座っていいぜ。宿題するならそのテーブルを使いな」

「うん」

六道は座布団にペタンと座ると、ローテーブルの上にノートと筆記用具を並べていく。その横に錦織は完璧《かんぺき》に終わった夏休みの宿題を置いた。

「分からなかった問題だからって、まんま写すのはなしだぞ」

「大丈夫。その辺は分かっているから。六道、コピーの高等テクニックを使うから」

「高等テクニックってなんだ?」

「わざと途中で計算ミスするの」

「そっちの方が、難しくないか？」

「それが考えなくても、写していたら独《ひと》りでに間違っているところが、六道のスゴイところなの。たぶん、丸写しへの背徳心がなせるわざだね」

「背徳心とか、あんまし使いなれない言葉を使おうとしない方がいいぞ。で、写すのに、どのくらいかかりそう？」

「う——ん、午前いっぱいくらいはかかるかなあ」

「了解。じゃあオレはその間、予習をしてるから」

錦織は机の椅子《いす》に座り、二年生の数学の参考書を開いた。

しばらく、シャーペンのカリカリという音と、エアコンの冷気の吹き出し音だけの時間が過ぎる。突然、六道がチラチラと、錦織の方を向き始めた。

錦織は参考書を置く。

「お前、本当に落ち着きがないな。まだ始まって十分も経ってないぞ。なに？　トイレなら一階」

「違うって。そんなんじゃないんだけど」

「じゃあ、なに？」

「昨日さあ、閣下《かっか》に黒い手帳を見せていたよね。なんか革っぽいやつ」

「おう」

「あれ、なんなのかなあって、ふと思っちゃいました」

「嫁入り前の娘に見せられるもんじゃない」

「チラッとでいいから見せてよ」

「ダメ」

「お願い。一瞬だけ。表紙だけでいいから」

「ダメ」

「お願い、お願い。見せてくれないと、六道《りくどう》、宿題しないよ?」

「別に六道が宿題を忘れて廊下《ろうか》に立たされても、オレとしては一向に構わないんだが……、まあいいや。一瞬だけだぞ」

錦織《にしきおり》がサマージャケットの内ポケットから『栄光《えいこう》の軌跡《きせき》』を出すと、六道の方へ向けた。

「はい、見せた」

すぐに元の場所に収める。

「満足か?」

「よく見えなかったけど満足だよ。チラリズムな感じで」

「お前はなにを言ってるんだ?」

錦織が肩をすくめて再び参考書に戻ろうとしていると、六道が「パン」と手を叩《たた》いた。

「ゴメン、錦織くん。六道、喉《のど》、渇いちゃった。なにか飲み物出してくれると嬉《うれ》しいなあ、なんて、言っちゃったりして」

「麦茶が一階の冷蔵庫に入ってるけど」

「人様《ひとさま》の家のキッチンに行くのはちょっと……」

「強引に上がりこんでおいて、よく言うぜ」

ブツブツ言いながら錦織は椅子《いす》から立ち上がる。

「はい、麦茶」

麦茶を入れた細長いガラス容器とコップの両方を持ってきてテーブルの上に置く。

「サンキュー。迷惑ついでなんだけど……、この問題、教えて欲しいなって」

「はあ？　写すだけじゃダメなの？」

「分かんないまま写すのは、コピラーとしての矜持《きょうじ》が許さないというか」

「コピラーって言うのかよ」

しぶしぶ、錦織は六道の横に座った。

「こんな問題も分からないのか。お前、一学期、なんの勉強をしてきたんだ？　これはな、これをこうやって……」

六道のノートの上に、錦織がサラサラとシャーペンを走らせていく。

その横顔を、六道はボーッと熱っぽい目で見つめていた。

「って、六道、おまっ、ちゃんと聞いてる？　せっかく教えてるのに」

「あ、ゴメン。ちょっと考えごとモードに入ってた」

「はあ？　まじめにしないんなら、オレ、教えない」

「ゴメン、ゴメン。以後、真剣に聞きますから、ご教授くださいまし」

「お前が教えて欲しいって言い出したんだぞ」

「だから、ゴメンって。謝ってるじゃん」

「う――む」

錦織《にしきおり》はまだちょっと納得できていないように腕《うで》を組む。

「……えっとね。実はちょっと、錦織くんの今後について、考えたりしちゃったわけなんですよ」

「はあ？　オレの今後？」

「正確には六道《りくどう》と錦織くんの今後？」

「いつ漫才界《まんざいかい》に打って出るかとか、そういう話か？」

「そうじゃなくて、錦織くん、これからは閣下《かっか》と距離を置くって言ってたじゃん。それってつまり、六道とも疎遠《そえん》になるってことなのかなあ、とか」

「そりゃそうだろうな。秘密基地《ひみつきち》で顔を会わすことも減るしな」

「………シュン」

六道が沈んだ表情で下を向いてしまう。予想外のリアクションに錦織は慌《あわ》てて手をパタパタと振った。

「い、いや、秘密基地で会えなくても教室で毎日会えるだろ？　部活だって一緒だし。前言撤回。疎遠になるとかそういうことはないんじゃないか？」

「でも錦織くん、秘密基地と外じゃ芸風違うし……、ノリ悪いし……」

「そりゃ教室とか体育館じゃ無理だけど、六道と二人っきりの時とかはオレ、素《す》だし」

「……」

「現に今とか、そんな感じだろ？」

「そう、そうだよね」

六道が顔を上げる。

「六道、ガラにもなくネガティブに考えすぎでした」

舌を出して微笑《ほほえ》む。

錦織はドキリとする。ちょっと、六道が可愛《かわい》く見えた。

その時、六道がふいにサイドの髪《かみ》を掻《か》き上げた。なにかがキラリと光る。

「おっ。なんか耳たぶに〝ヒカリモノ〟が見えたような……」

「お小遣い奮発したのに、そんな寿司《すし》ネタみたいに言わないでよお。ピアスだよピアス」

「ふむ、確かにピアスだな。だが消毒はしっかりしたか？　ピアスの穴から雑菌《ざっきん》が侵入して化膿《かのう》するケースが多いぞ。金属アレルギーは大丈夫か？」

「錦織《にしきおり》くんがつけるんじゃないんだから、そんなこと気にしなくていいのだ」

「でもなんで、いきなりピアスなんだ?」

「いや、だって高校初めての夏休みだし。前にも言ったかもしれないけど、ちょっと大人っぽく見せようかな、と思って。どう、六道《りくどう》、成長したかな?」

黄色いキャミソールから伸びる腕《うで》を、頭《あたま》の上で組んでポーズを決めた。

フッ——。

「あっ、鼻《はな》で笑ったよ、この人!」

ポコポコと錦織の肩を叩《たた》く。

「いや。正直言って、不覚にもちょっとドキッとした」

「ホントーに——?」

「いや、マジでマジで」

「…………ありがと」

六道は頬《ほお》を薄《うっす》らと染めて嬉《うれ》しそうな顔をした。

「あと、ゴメンね」

「へっ? なにがゴメン?」

「ううん、なんでもない。ええっと、それでね。錦織くんにもう一個、教えて欲しい問題があるんだけど……」

問題集に向かって腕《うで》を伸ばした。

ガッシャーン。

腕が当たって麦茶のコップがひっくり返り、中身が錦織《にしきおり》のサマージャケットに飛び散った。

「お、お――い」

「わっ、ゴメン。脱いで、拭《ふ》くから」

六道《りくどう》がいつの間にかハンカチを取り出していた。

「いいよ。自分で拭くから」

錦織は自分のハンカチで拭こうとする。

「六道がこぼしたんだから、六道が責任とるよ。だから脱いで」

「いいって、気にすんな。ってか、もう乾いたぜ」

実際、白い布地にはほとんど染みも残っていなかった。

「こんな時に限って優しい錦織くん。嬉《うれ》しい、けど恨《うら》めしい」

「はっ？」

「ううん、気にしない、気にしない」

六道は首を振った。

「で、分かんないところというのは？」

「ううん。もう分かったからいいや」

「そっか。じゃあ、まあ頑張れや」

錦織は立ち上がって、再び、自席につく。

その時、携帯電話の着信音が響いた。六道のだ。

「あんまし、したくなかったけど、もうこれしかない。所詮《しょせん》、血塗られた道か……」

電話のディスプレイを見ながら、六道が物騒なことを言っていた。

「あいふぉん、今から来るって……」

「え？　マジで米倉《よねくら》も来るの？　てっきりガセかと思っていた」

「来ない可能性もあったんだけど……。六道で巧《うま》くいっていれば」

「巧くって？」

「気にしなーい、気にしなーい」

錦織は首を傾《かし》げる。

どうも六道が怪しい。なにか企《たくら》んでいるような気がする。だが、そんなことよりも、米倉が自分の部屋に来ることの重大さで、錦織の頭《あたま》の中はいっぱいになっていた。

椅子《いす》から部屋の中を見回す。もともと十分、整頓《せいとん》されていた部屋をさらに片付け始めた。

布団カバーの皺《しわ》を伸ばしたり、傾いていた教科書をまっすぐにしたりし始めた。

「ど、どうしたの？　突然、掃除？」

「米倉《よねくら》が来るからな。失礼がないように、と」

「圧倒的な対応の差に、この六道《りくどう》、驚《おどろ》きを禁じえません！」

ピンポ――ン。

インターフォンが鳴った。行こうとした錦織《にしきおり》を六道が止める。

「錦織くんはギリギリまで部屋の掃除をやってたら？　六道が行ってくるから」

「えっ？　あっ？　うん、じゃあ頼む。粗相《そそう》のないようにな」

「了解！」

六道はビシッと敬礼《けいれい》ポーズを決めて部屋を飛び出していくと、転げ落ちるような音を立てながら、階段を下りていった。

すぐに玄関のドアが開く音がして、微《かす》かに米倉の声が聞こえた気がした。

「後は、あいふぉんにお任せ！」

六道の声がしたかと思うと、トントンと階段を上ってきた。

「お邪魔します」

開け広げられたドアの向こうに、米倉が立っていた。真っ白のノースリーブのフリルブラウスに、黒地に白の水玉のスカート。頭《あたま》にはリボンのついた、やはり白の麦わら帽子を被《かぶ》っていた。

「どうぞ、上がって、上がって」

「はい」

米倉は遠慮《えんりょ》するようにゆっくりと部屋に入ってきて、錦織に勧められるままフローリングの床に腰《こし》を下ろす。

「あれ、六道は？」

「あっ、えっと、かなめは、トイレだそうです」

「なるほど」

「ええ。ゴメンなさい。押しかける感じになってしまって」

「それはいいんだけど、米倉って宿題、全部終わっていたよな？　なにをするの？」

「実は読書感想文コンクール用の原稿を書こうかと思いまして」

「そういやあ、そう言っていたな」

「好きで書くだけですから……」

（んん？）

部屋を入ってからずっと下を向いて喋《しゃべ》っている米倉に、錦織は眉《まゆ》を顰《ひそ》める。なんだか六道だけでなく今日は米倉も変だ。

「感想文といえばさあ、六道のいない今のうちに渡しておこうと思うんだけど……はい」

分厚い封筒を渡す。米倉の描いた漫画《まんが》が入っていたモノだ。

「中に感想が入っているから」

「わっ、ありがとうございます」

米倉《よねくら》が初めて顔を上げた。

「感想の趣旨《しゅし》は、面白かったということと、よく分からない記号がいくつかあったとかそんなところかな。あと、ファンタジーってのもなんとなく新鮮」

「帰ってから、感想、読ませて頂きます」

胸《むね》を撫《な》で下ろしていた。

「よく分からなかったところとか、意味が分かりづらいところとか、一々、書き出したから、ちょっとキツくなったかもしれない」

「いえ、その方がいいですから」

「それで、その漫画《まんが》どうするの？　オレに読ませるだけ？」

「どうしましょうか。あんまり考えてないんですけど」

「色んな人に見せた方がいいと、オレは思うな」

「そう……思いますか？」

また、米倉は下を向いてしまう。

——と。

「あの、ゴメンなさい」

突然、謝った。

「えっ？　なんでゴメン？」

さっきの六道《りくどう》とデジャブだ。

「……最初に言っておきたかったので」

錦織《にしきおり》が「だからなにを？」と尋《たず》ねようとした時、一階から叫び声が聞こえた。

「キャ――、錦織くん！　ヘルプ――!!」

六道の声だ。

「なんだ、あいつ。なにやってんだ？」

錦織は文句を言いながらも立ち上がると、一階のトイレに急行した。ノックしながら、ドアの前で叫ぶ。

「どうした？　なにかピンチか？」

「トイレットペーパーが切れてる！　と思ったら、予備が頭《あたま》の上にありました。テヘッ」

「朝、行った時は十分にあったぞ。人んちのトイレでどんだけ紙を使うつもりだよ」

「だって錦織くんち、紙がシングルなんだもん」

「おまけに人んちの紙の種類に文句まで言ってるし……」

錦織はチッチッと舌打ちしながら、階段を上って自分の部屋に戻る。

「六道のヤツ、今日、なんか変なんだけど、理由、米倉は知って――」

部屋に一歩足を踏み入れた時点で固まった。

一つしかない部屋の窓が、網戸と一緒に開いていた。

それはいい。

問題はその窓の近くに座りこんだ米倉《よねくら》の格好。さっきまで着ていたはずのブラウスが綺《き》麗《れい》さっぱり消えて、透き通るような肌《はだ》が露出していた。唯一、純白のフリルブラで覆い隠されたメロンのような胸《むね》の膨《ふく》らみ。その前で米倉が恥ずかしそうに手を交差していた。

「あの……、窓を開けたら強風で、ブラウスが……飛んで」

「どんだけイタズラな風だよ！」

錦織《にしきおり》はサッとサマージャケットを脱ぐと、あまり見ないようにして米倉の肩にかけた。咄嗟《とっさ》のジェントルマン的な行動だった。天晴《あっぱ》れ、錦織。

「どこまで、飛んでいったのかなあ？」

錦織は窓から外を眺めて、米倉のブラウスの行方《ゆくえ》を捜そうとする。

「ゴメンなさい、錦織くん。騙《だま》して、本当にゴメンなさい――」

「えっ？　騙して？」

錦織が振りかえった時、六道《りくどう》が部屋に飛びこんできた。

「でかした、あいふぉん！」

「ゴメンなさい、ゴメンなさい」

謝りながら米倉がジャケットをハラリと投げた。キャッチした六道が、ジャケットの内

ポケットに手を入れた。

「六道《りくどう》、おまっ！」

「ゲットだぜ！」

『ＥＩＫＯＵＮＯ　ＫＩＳＥＫＩ』と書かれた黒革の手帳を高々と掲《かか》げる六道の横で、テーブルの下に隠してあったブラウスを米倉《よねくら》が着ていた。

「しまった！　謀られた!!」

六道の数々の挙動不審《きよどうふしん》と、米倉の先行ゴメンなさいの意味がようやく分かった。

「ゴメンね、錦織《にしきおり》くん」

六道が憂うような顔で首を振っていた。

「輝夜《かぐや》の命令か!?」

「誤解しないで。これは六道とあいふぉんが自主的にやろうと決めたことだよ」

「なおいっそう罪深いじゃないか！」

「ええっと、なになに。なにが書いてあるのかな——？」

六道がパラパラと手帳を開く。

「だからそれは、嫁入り前の娘が見るもんじゃ——」

「え——、なになに。今日も六道にノートをパクられた。同じ剣道部だからあまり言いたくないが、一度、努力というモノを教えたいところ……って、今のいつものツッコミとなにも変わんないし！」

「返してくれよ。オレに自由を約束してくれる羽！」

「ゴメン、錦織くん。これも六道とあいふぉんのためだと思って諦《あきら》めて……」

「んなことできるか！」

錦織が六道へ向かっていく。

「あいふぉん、パス！」

『栄光《えいこう》の軌跡《きせき》』が放物線を描いて宙を舞い、米倉の手に渡る。

「米倉、お願いだ。返してくれ。もう少しの間だけでも、自由な時間を満喫したいんだ」

「ゴメンなさい、ゴメンなさい」

米倉は、懇願《こんがん》する錦織にペコペコと頭《あたま》を下げると、『栄光の軌跡』を開け広げられた窓に向かって投げた。

「ちょっ！」

錦織は窓には寄ろうとせずに、部屋のドアから飛び出した。階段を下りて、靴下のまま、玄関のドアから飛び出す。

門の前の道路に黒革の手帳が落ちていた。

ホッとする。また、自由の羽は自らの手に戻ってくる。そう確信して錦織が、『栄光の軌跡』に接近する。

だが、錦織《にしきおり》よりも先に誰《だれ》かの手が伸びた。そのまま拾い上げられる。人差し指一本分の差だった。

錦織は顔を上げる。拾ったのが誰なのかは既に分かっていた。以前に、同じ人物で、同じシチュエーションがあったから。

長い黒い髪《かみ》が揺れていた。眼光の強い瞳《ひとみ》が錦織を見下ろしていた。桃色の唇《くちびる》が不満げにキュッと閉じられていた。

「輝夜《かぐや》……」

デジャブ。『栄光《えいこう》の軌跡《きせき》』を握りしめた輝夜に見下ろされるのは二度目。ウッと軽く喘《ぜん》息《そく》が出るのも同じだ。場所と輝夜の格好が、制服か袖《そで》なしの黒のワンピースかの違いしかない。

「言っておくが、私が命じたわけじゃないぞ」

「六道《りくどう》もそう言っていたけど……本当かよ」

「当然だ。私にとってこれは特に必要ないモノだからな」

「じゃあ、返してくれたっていいだろ？」

「せっかくサイクロンとセクシーが自主的に頑張ったのだから、それを無駄《むだ》にするのは王としてできない」

「が——、こんな時だけ部下想《おも》いかよ！」

錦織は脱力して、ヘナヘナと座りこむ。

「錦織くん、ゴメンね」

「ゴメンなさい」

玄関から出てきた六道と米倉《よねくら》を、錦織は泣きそうな顔で睨《にら》んだ。

「お前ら酷《ひど》すぎるぞ！　そんなに閣下《かっか》に苛《いじ》められるオレを見たいのかよ！」

「錦織くんを苛めるつもりはないんだけど、もうちょっと錦織くんと一緒にワイワイ楽しみたかったし」

「私も同じです」

「手帳を取られていなくたって、ワイワイ楽しめるだろ⁉」

「いや、やっぱり調子に乗った錦織くんはダメ。錦織くんは閣下に全然、まったく頭《あたま》が上がらなくて苛められるくらいの方がいいと、六道は思う」

「それ、間接的にオレを苛めてるのと一緒だぞ！」

「ゴメンね。でも、元に戻っただけだから」

「ゴメンなさいね、錦織くん」

「…………」

錦織は薄《うつす》らと涙の浮かんだ目で、輝夜の手の『栄光の軌跡』を見つめる。

（ああ、オレの翼が……。また逆戻りか……）

儚《はかな》い夢。たった一日の……。

「モノは本来あるべき所有者のところへ戻るモノだ。この手帳にとって、その所有者とは私のことだったのかもしれないな」

「タオル置き場の底に放置しておいたくせに、よく言うぜ」

「まあ、そう落ちこむな。また最初の状況に戻っただけじゃないか」

手を差し出す輝夜《かぐや》を、錦織《にしきおり》はポカンと見上げる。

長い黒髪《くろかみ》をそよ風になびかせながら、輝夜は満足そうな微笑《ほほえ》みを浮かべていた。

その手を掴《つか》む。わざとちょっと強く握ってやったが、輝夜の表情はまったく変わらない。

立ち上がって、パンパンとズボンの埃《ほこり》を叩《はた》く。

（まっ、しゃあないよな……）

確かに元に戻っただけ。手帳だって取り返そうとしていて戻ったわけではない。輝夜の笑みを見ていると、そう思えてくる。残念な気持ちの一方で、どこかホッとしたような気持ちが、胸《むね》の中に広がってきていた。

「それで……、また元に戻ったところで、今から『新世界構築活動《しんせかいこうちく》』か？　それとも引き続きハプニングだらけの宿題大会か？」

錦織は耳の後ろを掻《か》きながら、やや皮肉っぽく言ってやる。

「前者だ。例のメディアジャック作戦について進展があったからな」

「予選に応募しただけだろ」

「ここに来る途中、ついさっきテレビ会社から返事があった」

「なんて？」

「予選通過だそうだ」

「ホントに⁉」

興奮《こうふん》気味に駆け寄る六道《りくどう》たちに、輝夜が携帯電話のディスプレイを見せる。

「わ――――、やったよ、あいふぉん！」

「やりましたね！」

六道と米倉《よねくら》がピョンピョンジャンプしながらハイタッチをする。

「ってか、審査早すぎだろ！　送ったの昨日だぞ⁉」

「あんまり申し込み者がいないのかもしれませんね」

「それになんで締め切りギリギリだったのに、エントリーナンバーがそんなに若いんだよ。応募総数が少なすぎて、全員予選突破したんじゃないか？」

「いいじゃん、どっちにしても。予選突破ができたんだから！」

六道は錦織ともハイタッチしようと両手を上げた。錦織は横を向いて、しぶしぶな感じでその手にタッチする。

「というわけで、予定どおり本選でメディアジャックを行う。決行は次の日曜日！」

「夏休み最後の日曜日だね」

六道が寂しげな声を出していた。

「以上により、今日は当日のタイムスケジュールの詳細《しょうさい》を決める。作戦の成否《せいひ》に関わる重要な会議だ。全員、参加するように」

「ラジャー」

「はい」

六道《りくどう》と米倉《よねくら》が敬礼《けいれい》ポーズをすると、輝夜《かぐや》と一緒に錦織《にしきおり》の家の方へゾロゾロ歩き出した。

「って、やるの、オレの家でかよ！」

「当然だ。移動時間がもったいないし、空調もしっかりしている。麦茶やジュース類、ケーキなどのお菓子も充実だ」

「ってか、やけに詳《くわ》しいな、人んちの冷蔵庫事情！　上がりこんだ上に食い散らかすつもりか!?」

錦織はツッコミを入れながら、玄関の中に入っていく女の子たちを追いかける。

「やっぱり決め手はメイド服だったのかな？」

「さあ、どうでしょう」

「ハラグロ！　どこに行けばいいんだ？」

女の子たちは好き勝手なことを言いながら靴を脱いで上がっていく。

蹂躙《じゅうりん》されていく自宅を玄関のドアから呆然《ぼうぜん》と見ていた錦織。やがて「ハハハ」と笑い始めた。

同年代の友人を一度も呼んだことのない家に、クラスメイトが三人も来ている。さっき手帳を奪い返されても、大して必死に取りかえそうとしなかった自分。そして、さっき覚えた安堵《あんど》の気持ち。

それら全部の理由――。

（そういや、素《す》でいられるから一緒にいるんだった……）

最近、当然のようにそうだったので忘れていた。

「ハラグロ！　気色《きしょく》の悪い笑いを浮かべてないで、早く臨時作戦本部に案内しろ！」

輝夜の怒声《どせい》が飛ぶ。

「あと、お菓子もヨロ」

「へいへい」

ズボンのポケットに手を入れると、ちょっと背中《せなか》を丸めて家に入った。

5 錦《にしき》織《おり》の選択

『夏スペ』の最終日、珍しく遅めに登校した錦織が教室に入ると、一年A組の諸氏は残り五日に迫った夏休みをいかに有意義《ゆういぎ》に過ごすかを熱心に語り合っていた。

「お前ら、あと五日だぞ！　こんなことでいいのか？　『夏スペ』とか言ってる場合か！」

お調子者の西村《にしむら》がクラスメイトを煽《あお》る声を右から左へ聞き流しながら自席につく。だらしなく椅子《いす》に両脚を広げて座り、天井を見上げた。

二人の女の子の顔が視界に入る。六道《りくどう》と米倉《よねくら》だ。

「おっはー」

「おはようございます」

「おは」

錦織はその姿勢のまま、けだるい感じの声を出す。六道と米倉が顔を見合わせる。

「あのお、錦織くんってば、まだ昨日のこと怒ってたりする？」

「別に」

「うわ、怒ってるっぽい」

「怒ってないって。オレがあんなことで怒るとでも？　せっかく取り返した自由になる翼をもぎ取られて、しかも辛辣《しんらつ》な騙《だま》し討ちで奪いとられたぐらいで……オレが怒るとでも？」

「怒ってんじゃん！」

「いや、そんなことないけど」

錦織は体を起こすと、イジケタように唇《くちびる》を尖《とが》らせる。

「ほらあ、もう仲直りしようよぉ。ひと肌《はだ》脱いだあいふぉんに免じてさあ」

「かなめ！」

米倉が顔を赤らめる。

「いや、今のは冗談」

急に錦織は肩をすくめた。手をパタパタと振る。

「正直ベースでそんなに怒ってないぜ。むしろ清々《せいせい》した感じ」

「本当に？」

「本当だって。ってか、あれから散々、オレの家で作戦会議をやって、おまけにオレをジュースやらお菓子のパシリに使っといて今さら怒ってる？　もないよなあ」

「あはっ」

「すみません」

「まあ元に戻っただけど、またよろしくっつーことで。あいつのこともね」

錦織《にしきおり》は輝夜《かぐや》の席に目を向けた。

両手を前に伸ばして机に顎《あご》を載せた、いかにも疲れそうな姿勢で分厚い本を読んでいた。

風邪《かぜ》はすっかりよくなったらしい。

「当面の目標は日曜日のアレ――」

クラスメイトが近づいて来たのに気がつき、錦織は台詞《せりふ》を途中で止めた。油断だらけの顔が引き締まり、口元に爽《さわ》やかな笑みが！　肌《はだ》に潤いが！　前歯《まえば》に煌《きらめ》めきが！

「ねえねえ六道《りくどう》さあ。一つ聞きたいんだけど？」

西村《にしむら》だった。クラスメイトの男子たちを数人引き連れてきていた。

「うんうん、なに？」

「これって、六道？」

錦織の机に一枚の紙が置かれた。ウェブページの印刷。『漫才甲子園《まんざいこうしえん》』と書かれてある。

（ゲッ……）

西村が指差したところは、本選出場者のリストだった。

エントリーナンバー十五番「ザ・メイドーズ　六道かなめ・米倉愛《よねくらあい》」とバッチリ書かれていた。

「バレちゃーしょうがない」

六道は無意味にサラリと髪《かみ》を掻《か》き上げた。

「じゃあ、この横の米倉愛っていうのは、副クラス委員？」

「そうですけど……」

「うおおおおお――――!!」

西村は突然、雄たけびを上げた。周囲の男たちもそれにならう。

「メイドーズというからには、メイドの格好をして漫才をするんだよな？」

鼻息《はないき》が荒い。

「メイド漫才という、漫才の新境地に果敢《かかん》にも挑戦したの」

「つまりそれは、副クラス委員さまのメイド姿が拝める……ということか？」

「うん。六道もメイド服着るよ」

「おい、お前ら！　米倉さまのメイド服だぞ」

「やべっ、他《ほか》のクラスの連中にも教えてこないと」

西村を除く男子たちが、当の本人が近くにいるにも拘《かか》わらず興奮《こうふん》した様子で教室を飛び出していく。

「あのおー、六道もメイドなんですけど、そこんところどうなんでしょう――？」

六道の声が空《むな》しく響く。

「なになに、ろくちゃん、漫才出るの？」

「予選突破ってスゴイね」

クラスの女子たちまでもが、六道《りくどう》たちの周りに集まってきた。

「本選って生放送なんでしょう？」

「お笑いスター誕生だ!!」

「応援に行ってもいいのかな？」

「ここにいいって書いてるよ。場所はスカイランド遊園地かあ」

「いいじゃん！　夏休みの最後の思い出にみんなで応援に行こうよ」

「賛成！」

瞬く間に六道と米倉《よねくら》が漫才《まんざい》大会の本選に出場するという情報がクラス中に広がっていく。

「当然、クラス委員の錦織《にしきおり》も行くよな？」

西村《にしむら》が、反論は許さない、みたいな顔で見てきた。

「ああ。オレはもともと、行くことにしていたし」

「えっ？　おまっ、二人の出場のことを知ってたのか？」

「まあね」

西村がハッとしたような顔を錦織と六道の間で行ったり来たりさせた。

「夏休みの間に、もしや錦織、お前……。六道とできちゃったのか？」

「キャッ。実は……」

「うん。全然違うね」

恥じらうように頬《ほお》を両手で押さえる六道の横で、錦織は爽《さわ》やかに否定した。

「米倉さんから聞いていたからだよ。クラス委員の仕事を一緒にした時にね」

「ああ、なるほど」

「ちなみに、どうしてできちゃった相手が米倉さんではなく、六道さんだと思ったのか、ちょっと興味があるから教えて欲しいんだけど」

西村の目が真剣になった。

「錦織。お前がいいヤツだってことは知っている。勉強もできる。スポーツだって万能だ」

「……」

「でも、だからってなんでもやっていい、ってわけじゃない」

錦織の肩にポンと手を載せると、地を這《は》うような低い声を出した。

「何人《なんぴと》も米倉さまとひっつくことは、オレが、いや一年A組の男子全員が、いや全人類が許さない。くっついた男子には古今東西のありとあらゆる不幸がふりかかり、その血脈は十代先まで呪われることになるだろう……。つまりはそういうことだ、クラス委員殿」

「……なるほど。そういうことね」

錦織は爽やか〝ゆーとーせい〟の仮面をかなぐり捨てて、西村を蹴《け》り飛ばしてやろうかと思った。

「ちなみにちなみに、六道《りくどう》が錦織《にしきおり》くんとひっつくのはどうですか？」

「全人類を代表してオレが祝福する！」

「ありがとう、西村《にしむら》くん！」

西村と六道はガッチリと握手した。おバカ同士、芸風が合うらしい。

（んなことよりも、メディアジャック、どうすんだあ）

錦織は西村に気がつかれないよう、もう一度、輝夜《かぐや》の席の方を見た。

（ってか、また寝ちゃってるし……）

前に伸ばした手と本はさっきのまま、突っ伏して眠ってしまっていた。

輝夜のことだ、クラスメイトの前でもメディアジャックを決行するだろう。そうなれば米倉《よねくら》と六道の晴れ舞台は台無し。仕込みと知らない西村たちは激怒するに違いない。

（そうなったら、また魔王のヤツ、敵を増やすことになるなあ………。って、ああっ！）

錦織はもっと最悪なことを思い出した。

同時だった――。

一年A組の教室のドアが開き、上級生が二人、入ってきた。まさに錦織の思い出した〝最悪〟なことと、直接関係している二人。生徒会長の美紀《みき》と書記の舞《まい》である。

応援の話題で盛り上がっていた教室が、途端に静まりかえった。

（どうしてここに、あの二人が!?）

教室の誰《だれ》しもが、そんな顔をしていた。

綿毛《わたげ》のようなフワフワのウエーブの髪《かみ》と、ボーイッシュな短髪が教室を横切っていく。

(まさかオレのところに?)

身構える錦織。だが美紀はスタタタ歩きで錦織の席ではなく、輝夜真央《まお》の席に向かった。

一年A組の生徒たちは息を飲んだ。ついに魔王女《まおうおんな》は生徒会にも目をつけられたのか?

ピリピリとした緊張感《きんちょう》が辺りにみなぎる。

「ごきげんよう、輝夜真央さん」

美紀は輝夜の机の真横に立って、カールのかかった前髪をサラリと掻《か》き上げた。

「……」

机に突っ伏た輝夜から返事はない。美紀は腰《こし》をかがめ、輝夜の耳に口を近づけた。

「ごきげんよう、輝夜真央さん!」

ビクッと体を震《ふる》わせて輝夜が上体を起こした。半開きの目のままキョロキョロと周囲を見回して、また寝ようとする。

「こら、寝るな!」

肩を掴《つか》まれ、ようやく目が開かれる。状況が分かってなさそうな顔を美紀に向ける。

「久しぶりね、輝夜真央さん」

再び前髪を華麗《かれい》に掻き上げた。

輝夜《かぐや》は一度、キョトンとした表情になった後、眉根《まゆね》を寄せた額《ひたい》に指を当てた。もう一方の手を、待ったをかけるように美紀《みき》へ伸ばす。

「あ――――、なにも言わなくていい。もうちょっとで思い出せそうなのだ」

「思い出すってなにを？」

「あんたの名前」

美紀はピクピクとコメカミを動かした。

「最近、見た記憶があるのは間違いない……。確か私にとって重要な人物だったはずだ」

「……こ、光栄ね」

「確か…………、生徒会長の、……松……松……」

錦織《にしきおり》はハッとする。絶望的だった輝夜の記憶力に改善の兆しが見られている。手に汗を握り、記憶の糸を紡ごうとする輝夜を見守る。頑張れ、あともう一息だ。

輝夜が顔に会心の笑みを浮かべた。パチンと指を鳴らす。

「松平健！」

（いつの時代の暴れん坊だよっ！）

密《ひそ》かにツッコんだ錦織の頭《あたま》の中では、サンバのリズムが流れていた。

「惜しい。でも違う」

冷静に否定する舞《まい》。その横で美紀は真っ赤な顔を震《ふる》わせていた。

「あ、相変わらずね、輝夜さん。正しくは、私は松島《まつしま》美紀。紫苑高校《しおんこうこう》の生徒会長、そしてあなたの在籍していた東山《ひがしやま》中学の生徒会長でもありました！」

「ああ、美紀か。そういえばそんな名前だったな」

輝夜は悪びれた様子もなくポンと手を打つ。

「それで？　その生徒会長が私になんの用だ？」

「なんの用だって……、輝夜さん！　それが上級生に対する態度？」

今にも爆発しそうな美紀を、舞が「まあまあ」と肩を叩《たた》いて落ち着かせる。

美紀は唇《くちびる》の端をヒクヒクさせながら、輝夜を指差した。

「今日、私はあなたに、大切なことを伝えにきたの」

「ほう」

「私はこの秋に生徒会を引退する。その最後の仕事として、生徒会はあなたを弾劾《だんがい》するつもりよ。これは、生徒会からの、輝夜真央《まお》さん、あなたに対する宣戦布告！」

輝夜の目がキラリと輝いた。思いっきり、宣戦布告という単語に反応していた。

「宣戦布告……ということは、私も生徒会に対して攻撃してもよいわけだな？」

「も、もちろん。でも、中学校の時のようにいくと思ったら間違いよ。この時のために、私は紫苑高校生徒会を強固にしてきたのだから」

「面白い」

不敵な笑みを浮かべて、輝夜《かぐや》が席を立つ。お互い腕《うで》を組んで睨《にら》み合う。身長の関係上、見下ろす形の輝夜と美紀《みき》の間で火花が散った。

「来週日曜日・スカイランド遊園地——」

美紀がおもむろに口を開いた。輝夜の眉毛《まゆげ》がピクリと反応する。

「なにか企《たくら》んでいるらしいですわね……」

「さて、なんのことだ?」

錦織《にしきおり》が「げっ」と顔をしかめる。美紀が現れる直前に思い出した〝最悪なこと〟とは、そのことだった。輝夜が漫才甲子園《まんざいこうしえん》でなにか企んでいる、と美紀に教えたのは、錦織なのだ。

「なにをされるおつもりなのか知りませんが、生徒会は紫苑高校《しおんこうこう》の名に恥を塗るような真《ま》似《ね》は絶対《ぜったい》に許しませんから!」

美紀はクルリと回れ右すると、またスタタタ歩きで教室を出ていった。後から追いかける舞《まい》が扉の前で、「お騒がせしてゴメンね」とウインクしていた。

二人が消えると、一年A組の教室はざわついた。

(ついに魔王女《まおうおんな》め、生徒会にまで喧嘩《けんか》を売ったか)

(ってか、日曜日のスカイランドって漫才大会があるよな。魔王、なにかするつもりか?)

クラスメイトたちの視線に晒《さら》されながら、輝夜はなに食わぬ顔で席につく。

「今日の放課後も長くなりそうだねえ」

六道《りくどう》が呟《つぶや》いていた。

放課後、秘密基地《ひみつきち》にいつものメンバー全員が集まっていた。

「我々《われわれ》の前に、敵対勢力が現れた」

「それも強力な敵だ」

一人だけ直立したまま、輝夜は重々しい様子で錦織たち一人一人を見回す。だが、目じりが微妙に下がり、口元も若干ニヤけている。どう見ても状況を喜んでいる感じだ。

「我々っつーか、閣下《かっか》の個人的な敵だよな……」

「この事態は我々にとって最大の危機であり、千載一遇の好機でもある」

錦織のツッコミを完全にスルーして、輝夜は続ける。

「思い返せば、私の最初の目標はまずこの学校を支配下に置き、新世界構築《しんせかいこうちく》のための橋頭堡《きょうとうほ》とすることだった。大義名分が立たないことを理由に今まで積極的に進めなかったが、これで障壁がなくなる。向こうから宣戦布告をしてきたのだからな！」

「大義名分とか気にするガラかよ……」

「驚《おどろ》くべき敵の優秀な情報網だ。私が漫才大会の会場に行くことを掴《つか》んでいたぞ」

「……」

錦織《にしきおり》は目線を逸《そ》らす。もし情報漏洩《ろうえい》を疑われたら、指し棒攻撃による拷問は免れまい。

「それでどうしますか？　計画どおりメディアジャックを決行するかどうか……」

「もちろん決行！」

米倉《よねくら》の心配そうな表情を吹き飛ばす勢いで、輝夜《かぐや》は断言した。

「生徒会長がいてもいなくても、我々《われわれ》は我々の計画を進めるだけの話だ」

「生徒会長はともかく、クラスの連中が応援に来るのはやっかいだぜ？　米倉たちの漫才《まんざい》に閣下《かっか》が割りこむことを、テレビ会社に『仕込み』だって言い訳できても、学校の連中にはできないだろう？　最悪、オレたちと閣下の関係がバレるぜ」

「私としてはバレても問題ないが、どうしてもお前たちが気にするというなら、学校の連中には別の説明をすればよかろう」

「なんて？」

「サイクロンとセクシーが漫才大会の生放送に出演することを知った私が、メディアジャックを企《たく》らんだ。サイクロンたちはそんなことは露ほども知らなかった……それでいいだろう」

「……そんなことをしたら、閣下、また恨《うら》みを買っちゃうよ。みんなメイド漫才をものスゴク楽しみにしているみたいだし」

「大いなる目的のためだ。少人数の支持を失うのは仕方あるまい」

「私とかなめでフォローすることはできると思います。メディアジャックのことを事前に知っていたと。私たちは輝夜さんとの関係を疑われても、それほど問題ありませんから」

「そだね。誰《だれ》かさんと違ってね」

「な、なんだよ。なんでそこでオレに当てこすりだよ！」

「だって、三人の中で閣下との関係を一番隠したがっているの、錦織くんじゃん」

「当然だろ。オレには学校のトップに立つという大いなる野望があるんだから。閣下との関係が少しでも疑われたら、その時点でオレの野望は潰《つい》えるんだぜ」

「むっ」

「な、なんだよ。言っておくけど、これだけは譲れないぜ。もともと閣下に従っているのも、そのためなんだからな」

錦織は、不満そうに腕《うで》を組んだ輝夜と睨《にら》み合う。

「まあまあ」

米倉が手を上げて仲裁《ちゅうさい》に入る。

「錦織くんはともかく、私たちは最初の計画どおり行くということでいいのでしょうか？」

「うむ」

「いいと思うよ」

「……」

「生徒会や応援団などの人目を避けるとなると、当日、輝夜《かぐや》さんだけ別行動になりますけど」

「ハラグロが私と一緒にいるところを見られたくないというのだから仕方あるまい」

「今回の作戦にオレの出番はないからな。現地じゃオレは応援団に交じってようと思うんだが、それでいいよな？」

「まあ別にいいだろう」

輝夜から向けられた怖い視線に、錦織《にしきおり》は気がつかないフリをした。

「六道《りくどう》たちは予定どおりメイドの格好に着替えて、なにも知らないフリで出番を待っておく。でもって、閣下《かっか》が飛びこんできたら邪魔しなければいいんだよね」

「そういうことだ」

「漫才《まんざい》はどうしましょう？　せっかく練習したので、やらないのはちょっと残念です」

「私の演説の後ろでやっていればいいだろう」

「じゃあ、せっかくだし、そうしちゃおうか、あいふぁん」

「ええ」

微笑《ほほえ》み合う六道と米倉《よねくら》。

「マジか……」

錦織は唸《うな》るように呟《つぶや》いた。フリップを使ってデンパを撒《ま》き散らす輝夜に、その背後で健気《けなげ》に漫才を続ける二人組のメイド、止めようとするテレビスタッフ……。シュールな場面が目に浮かぶようだった。

☆

八月最後の日曜日の午前、錦織貴《たかし》は自室のベッドで横になっていた。ジーパンに筆記体のアルファベットがプリントされたTシャツ。ラフだが、いつでも外出できそうな装いだ。

「ついに夏休みも終わりかあ――」

窓から聞こえる蝉《せみ》の声から、主役がミンミン蝉からツクツクボウシに変わっていることに気がつき、錦織は感慨深《かんがいぶか》い気持ちになった。

「なんかオレ、やり残してんじゃね？」

宿題も二学期の予習も全《すべ》て終わっているにも拘《かか》わらず、なにか忘れているかのような感覚。実際にはなくてもそんな焦燥感《しょうそうかん》を覚えるのも、夏休みの最終日ならではだ。

インターフォンの音がした。

上体を起こして窓から下を覗《のぞ》くと、玄関前に女の子が二人立っていた。

「さてと、行くか」

ベッドから下り、鏡の前で髪型《かみがた》を軽く確認する。

ドタバタと階段を上る音がして部屋の扉が開いた。中学一年生になる妹の梢《こずえ》だ。猛スピードでやってきたのか、ゴムで結んだツインテールがピコピコと揺れていた。

「お兄ちゃん！　なんか二人連れの怪しい女がお兄ちゃんを訪ねてきたから、そんな人はいませんって追い返してやったわ。梢、グッドジョブ？」

「ちょっ、おまっ！　全然、グッドジョブじゃねえよ。むしろバッドだよ！」

錦織《にしきおり》が慌《あわ》てて窓から外を見ると、二人が家の前の道路で携帯電話を取り出していた。

「お――――い、今、行くから！」

窓を開けて叫ぶ。

「梢！　今日はお迎えがくるって、お兄ちゃん、朝飯の時に言ったよな」

「なんだ、お迎えって女の子だったの？　それならそうと言ってくれていれば……迎撃《げいげき》準備を進めておいたのに。チッ」

「いや、迎撃しちゃダメだろ！」

鞄《かばん》を持って部屋から出ていこうとする錦織の前に、梢が両手を広げて立ちはだかる。

「お兄ちゃん！　行く前に一つだけ教えて。頭《あたま》の弱そうなちっこいのと、胸《むね》がバカでっかい眼鏡《めがね》とどっちが本命なの？」

「うっ……」

「大体、想像はつくけど。胸が大きい方……。そうなんでしょ？　お兄ちゃんは生まれも育ちもおっぱい星の、おっぱい星人だもんね」

イジケるように唇《くちびる》を尖《とが》らせる梢に、錦織は優しい微笑《ほほえ》みを浮かべて首を振った。

「バカだな。オレの本命は梢……、お前以外にいるわけがないだろ？」

「お兄ちゃん！」

錦織に掌《てのひら》で頭を撫《な》でられ、梢は気持ちよさそうな顔をした。

「行ってよし！」

「サンキュー」

錦織は梢の横をすり抜け、そのまま階段を走り下りた。梢の気が変わらないうちに家を飛び出し、六道《りくどう》と米倉《よねくら》の待つ道路へ出る。

「すまん、待たせた」

「ビックリしたよお。いきなり女の子に、『錦織貴《たかし》なんて人はこの家にはいません！』って言われて、ドア、閉められたんだもん」

「申し訳ない。なんか、勘違いがあったみたいで……」

「あの子、錦織くんの妹さん？」

「おう。妹の錦織梢」

「梢ちゃんかあ」

「可愛《かわい》い妹さんですね」

ゾクッと寒けがして錦織《にしきおり》は振りかえる。二階の奥に、目を光らせる梢《こずえ》が見えた。

「なにせ歩きながら話そうぜ。ここにいるのもあれだからさ」

錦織は家から遠ざけるように、六道《りくどう》と米倉《よねくら》の背中《せなか》を押して促《うなが》した。

「二人とも準備万端？」

「準備と言っても、六道たちは衣装に着替えるだけだもんね」

「ええ」

二人ともメイド服の入っているであろう、大きな紙袋を手に提げている。

「やっぱ問題は実際にテレビジャックをする魔王だよな……」

「大丈夫、大丈夫。なんとかなるって」

「お前は楽天的でいいよ」

「なんだかんだ言って、錦織くんは閣下想《かつかおも》いだよねえ」

六道は冷やかすような目で錦織を見る。

「べ、別にオレは、魔王女《まおうおんな》のことを心配して言ってるわけじゃないぞ。単に魔王が失敗してオレにまで迷惑がかかることを恐れているだけだ」

「それ、まんまツンデレな台詞《せりふ》じゃん！」

「いや、そうではなくてだなあ」

「輝夜《かぐや》さんのことを心配してあげてもいいんじゃないですか？　一応、仲間なんですから」

「いや、仲間とは思ってないし」

優しく微笑《ほほえ》む米倉《よねくら》には、錦織《にしきおり》は唇《くちびる》を尖《とが》らせた。

「えっ、違うの？」

「あのな。オレは輝夜に弱みを握られているから一緒にいるだけだ。仲間だからじゃない」

「またまたあ、無理しちゃって」

「でも手帳を取り戻された時、錦織くんが一緒にいるのは弱みとは関係ない、と、輝夜さんは言っていましたけど」

「それは魔王女《まおうおんな》が勝手にそう思ってるだけ」

言いながら、錦織は考えてしまう。

（他《ほか》にオレが輝夜と一緒にいる理由なんて、あるか？）

米倉が言っているように、輝夜のことを仲間だと思っているからとか、そんな理由で？

「ううう、ゴホッ、ゴホ……」

急に錦織は息苦しそうに胸《むね》を押さえて立ち止まった。

「だ、大丈夫、錦織くん？　というか、なんで今のタイミングで喘息《ぜんそく》？　別に屈辱的《くつじょくてき》なシチュでもないのに！」

六道《りくどう》が目を丸くして背中《せなか》を摩《さす》る。

「ゼ――ゼ――、ハ――ハ――。ど、どうも新種が出たらしい……」

「新種誕生!?」

「どうも本来のハラグロを忘れて、なんつーか徳の高い気持ちになったのが原因みたいだ」

「と、徳の高い気持ち!?」

「仲間とか友情とか……、そんな気持ちになった時に出る気がする」

「なんて面倒くさい性格！」

「とにかく、輝夜のことを心配してんのは、全部オレのため。輝夜のためじゃない！」

はっきり断言する。

するとス――ッと、胸のつかえが一気になくなった。

「ふう、だいぶよくなったあ」

晴れ晴れとした顔で額《ひたい》に浮かんだ汗を拭《ぬぐ》う。

「錦織くんって、錦織くんて……」

「素直じゃありませんね」

六道と米倉が呆《あき》れた顔をしていた。

「なんとでも言ってくれ。オレは昔からこういう性格なんだ！」

錦織はプイッとすました顔を横に向けて、再び歩き出した。

☆

シュバババババ――――ン！

秘密基地《ひみつきち》の屋根から小さな火柱がいくつも上がり、黒煙の中から恐竜のような格好をした怪獣が姿を現した。

『ワッハッハッハ。来たなガンガル戦隊！　ここをお前たちの墓場にしてやる！』

怪獣が基地の下に集まった色とりどりの全身タイツのヒーローたちを指差し、脅し文句を叫ぶ。黄色い声援を上げる子供たち……。


「本当に、ここなのか？」

目の前で繰り広げられる光景に漫然と視線を送りながら、錦織《にしきおり》はポツリと呟《つぶや》いた。

スカイランド遊園地の入場門の目の前にある屋外ステージ、その名も「スカイランドスーパーステージ」。漫才甲子園《まんざいこうしえん》の本選会場として指示された場所へ行くと、戦隊物のヒーローショーが行われていた。

「そうなんじゃない？　だって、あれ」

六道《りくどう》がステージの横に置かれたスケジュールの看板を指差す。

午前の部に書かれた全二回のガンガル戦隊ショーに挟まれて、午後の部には「第一回漫才甲子園」という文字が並んでいた。

「確かにな。でもどうすんだ、あの基地は」

ステージの上には常設の巨大なハリボテ秘密基地（らしきもの）がある。岩を模した発砲スチロールの壁材で作られた尖塔《せんとう》や天守閣《てんしゅかく》。裏には恐らく足場が組んであって、演出用の火薬や火柱を出すバーナーが置かれていると思われる。ヒーローショーの時も魔法少女ショーの時も、使いまわしにされているに違いない。

「あれはさすがに動かせないよ。よくて暗幕《あんまく》で隠すくらいじゃない？」

「オレとしてはあの秘密基地をアルプススタンドに見立てた改造ぐらいはしてもらいたいところだが……。まあ所詮《しょせん》、ローカル番組だもんな」

あと二時間で本番が始まるというのに、関係者らしき人の姿は今のところ見当たらない。

「！」

親子連れのいる小さなアリーナになった客席を見渡していた錦織の顔が、ピタリと止まる。客席中央の最前列。ステージに一番近い席に、見覚えのある後ろ姿があった。

「あれって……」

同じように気がついた六道が指差していた。

「他人の空似じゃないなら閣下《かっか》だな……」

腕《うで》を組んだ輝夜《かぐや》が踏ん反りかえってステージを見ていた。満員御礼《まんいんおんれい》にも拘《かか》わらず、輝夜の両隣はともに空席だった。親子連れがほとんどの中で、そこだけ少し浮いている。

「結構、早くから来ているのかな」

「確かにあそこなら、誰《だれ》にも邪魔されず舞台に侵入することはできますしね」

だとしても、あの中を堂々と一人で座っていられるのは輝夜だからこそ、と錦織《にしきおり》は思う。

「おっ、やっと来なすったか」

聞き覚えのある声が聞こえたので振りかえると西村《にしむら》が立っていた。

「もう来てたんだ。……って、なにそれ？」

西村の頭《あたま》の、「米倉命《よねくら》」と赤い刺繍《ししゅう》がされたハチマキを見て、錦織は眉根《まゆね》を寄せる。

「本来なら応援団全員でお揃《そろ》いのTシャツを着るところですが、今回はこれでお許しを」

「いえいえ。あまり気を使っていただかなくても大丈夫ですから」

手を合わせる西村に、米倉が若干ヒキ気味な顔をした。

「実は今回のデビューを機会にファンクラブを結成してみました。これがクラブ会員証」

ラミネート加工されたカードには、栄光のナンバー１００番が輝いていた。

「錦織、お前も入らないか。今なら百名限定のプレミアム会員になれるぞ」

「いや遠慮《えんりょ》しとくよ」

「そして時には六道《りくどう》のことも思い出してあげてください」

六道が手を挙げて主張していた。

「まあそれはともかくさ……。アレ、気がついたか？」

西村が珍しくまじめな表情になって、観客席の輝夜を指差す。

「どう思う？」

「輝夜真央《まお》だね」

錦織は肩をすくめてみせた。

「オレが来た時は、既に来ていたんだ。一番乗りだと思っていたから、マジ、ビビッたぜ」

「へえ。そんなに早くから来てるんだ」

「魔王女《まおうおんな》のヤツ、絶対《ぜったい》、なにか企《たくら》んでいるぜ」

「どうしてそう思う？」

「足元に巨大なスポーツバッグを置いていた。ぜってえ中になんか入ってる」

「ふ――ん」

演説用のフリップボードでも入っているのだろう。

「そこでお前にお願いだ。もし魔王女がなにかやらかそうとしたら、その時は止めてくれ」

「どうやって！」

「あの横の特等席を譲るから、もし魔王女がなにかしようとしたら体を張って止めてくれ」

「なんでそんなことを……」

「だってクラス委員じゃないか！」

「そういうことは君がすればいいじゃないか」

「オレだってしたいさ！　この足さえ言うことを聞いてくれたら……」

西村《にしむら》が無念そうな顔をする。

「どこかケガでもしたのか？」

「実は来る時、軽く捻っちゃってさあ」

「……じゃあまた後でな」

回れ右して去ろうとする錦織《にしきおり》の腕《うで》を、ハチマキ西村が掴《つか》んだ。

「頼む。もし輝夜《かぐや》の謀略を阻止してくれたら、会員ナンバー001をあげるから」

「いらない」

「そこをなんとか。もし引き受けてくれたら米倉《よねくら》ファンクラブは一生、錦織貴《たかし》を支持する」

「あー、もう、仕方ないな。分かった。大会が始まったら、輝夜真央《まお》の横の席に座る。もしなにかやろうとしたら止めようと努力はする。それで止められなくても恨《うら》まないというなら、引き受けるよ」

「もちろんだ。それでこそクラス委員だぜ錦織！」

西村と握手を交わしながら、錦織は頭《あたま》の中では別のことを考えていた。

（米倉のファンクラブ会員は今後さらに増える可能性がある。それを自分の支持者にでき

るのなら生徒会に進出する時、大きな力になるはず……。フッフッフ）

『ご案内を申し上げます。○△ケーブルメディア主催《しゆさい》・第一回漫才甲子園《まんざいこうしえん》の参加者のみなさまは、これより受け付けを開始いたしますので正面ゲート前の広場にお集まりください』

ヒーローショーが終わると同時に、遊園地全体に園内放送が流れた。

「よっし、いよいよ出番だ」

「着替えの時間もありますから、早めに行ってすましちゃいましょう」

「クラスの応援団のメンバーとゲート前で待ち合わせしてるんで、オレも一緒に行くぜ」

「錦織くんは？」

「オレはここで待ってるわ」

「うん、じゃあ、また後でね」

六道《りくどう》たちと西村を見送ると、錦織は人けのない観客席を見た。無人の客席の最前列の席に輝夜が座ったままだ。

「よく一人でジッとしていられるよな」

錦織は肩をすくめると、近くの売店に向かった。

「お疲れさん」

錦織《にしきおり》はポンと輝夜《かぐや》の肩を叩《たた》いた。うとうとと頭《あたま》を揺らしていた輝夜は、ビクッと体を震《ふる》わせて顔を上げた。

「なんだ。ハラグロか」

ホッとした表情になったかと思うと、またすぐにムスッとイジケた顔を見せた。

「こんなところにいていいのか。私と一緒にいるところを見られたら困るんだろう？」

「しばらく誰《だれ》も来ないと思うから、問題ないぜ。それより、ほら。差し入れ」

錦織は遊園地の売店の紙袋を差し出した。その途端、輝夜の顔がピカピカと輝いた。

「もしかして照り焼き――」

「残念。アメリカンドッグしかなかった」

「むう。でもまあ……、ありがとうな」

聞こえないくらい小さな声で感謝の言葉を付け足した。

マスタードとケチャップをたっぷりつけてアメリカンドッグにかぶりつく輝夜の横の席に座ると、錦織はペプシLサイズのカップに突き刺したストローに口をつけた。

「閣下《かっか》……、本気でやる気か？」

「（パクパク）にゃんにょひゃなしだ？」

「咀嚼《そしゃく》しながら喋《しゃべ》るのはよせ」

「んぐんぐ……ぐっ。んぐぐ――――――――!!」

「いや、だからって無理に飲みこもうとしなくてもいいんだよ!」

「んぐ、んぐぐ――――!」

「ってか、大丈夫か?」

輝夜は顔を真っ青にして、額《ひたい》に冷や汗を浮かべた。背中《せなか》を摩《さす》る錦織からペプシLカップを奪い取って、ストローを咥《くわ》えた。キュ――と強烈な吸引力で吸い上げる。氷で嵩上《かさあ》げされたペプシはたちまち飲み干され、ストローからジュージューという音が上がった。

「うわ、ひでえ。まだ飲み始めたばかりなんだぞ!」

「ふうう」

錦織の非難が聞こえてないかのように、輝夜は涼しげな顔で額の汗を拭《ぬぐ》うと、捨ててけと言わんばかりに空のカップを錦織に押しつけてきた。

「ったく遠慮《えんりよ》ねえな、まあいつものことだけど」

氷だけになったコップを受け取りながら、赤くなったストローの先端にドキッとする。

(閣下のヤツ、口紅なんかつけてんのか?)

そう思って輝夜の唇《くちびる》を確認するが、もともと、血色がいいのでよく分からない。

(ってか、これ、ケチャップかよ!)

アメリカンドッグにマスタードと一緒に塗りたくっていたことを思い出して、高まってなにしろ着替えを見られるのは平気のくせして、時々、なんでもないことで恥ずかしがったりするので、羞恥心《しゅうちしん》の基準がよく分からない。

(でも、今のって間接キスってやつだよな。魔王女《まおうおんな》のヤツ、それは大丈夫なのか？)

いた気持ちが一気に萎《な》える。


「それで……、ハラグロがさっき言った、『本気でやる気か？』の意味なんだが……」

「いやその前にどうしても一つ、はっきりさせておきたいんだが」

「なんのことだ？」

「閣下《かっか》、お前、間接キスって言葉の意味、知ってるか？」

「見くびるなよハラグロ。少女漫画《まんが》を読む私が、そんなことを知らないとでも思ったか」

「そうか。だったらいい」

「というか、なぜ急にそんなことを………」

一瞬、間《ま》があって、輝夜《かぐや》の顔が真っ赤に染まった。

「気づくのおせ――！」

「お、お前、私の間接キスを奪ったな！」

輝夜は錦織《にしきおり》の首を両手で掴《つか》んでブンブンと左右に振る。

「第一、お前が勝手にオレから奪って飲んだんだろ！　それにそのリアクション、違うだろ！　間接キスを気にする女の子は、口を押さえて『あっ、間接キス……』が基本だろ⁉」

「そんなこと、誰《だれ》が決めた!!」

「少女漫画が好きならセオリーぐらい守ろうぜ！　ってか、ギブギブ！」

錦織がベンチを叩《たた》いて、ようやく輝夜は手を離した。

「ふ――。ホント、いつかオレ、呼吸《こきゅう》困難で死ぬぜ」

「で、ハラグロはなにを言おうとしていたんだ？」

輝夜は顎《あご》を突き上げて促《うなが》す。

「いや、本気でやるかってのは、つまり、本当にメディアジャックするかって意味だ」

「なにか新たに中止する理由でもできたのか？」

「新たにはないけどさ。西村《にしむら》たち、六道《りくどう》たちの漫才《まんざい》を楽しみにしてるみたいだぜ」

「予《あらかじ》め分かっていたことだし、そのことと作戦は関係ない」

「それはそうなんだけどさ」

錦織は再びアメリカンドッグを口に入れ始めた輝夜の横顔を見つめる。

「閣下、一時に比べたらあんまし目立たなくなっていたのに、これで魔王女へ逆戻りだ」

「余計なお世話だ」

「だよなあ」

「どうしてハラグロがそんなことを気にするのだ。ハラグロはハラグロらしく、自分のことだけを考えていればいいだろう？」

「まあね」

錦織《にしきおり》は耳の後ろを掻《か》いた。

「どうしてなのかは、オレ自身、よく分かっていない」

「私がクラスに迎合しておけば、ハラグロが参謀《さんぼう》をしていることが分かっても、ダメージが少ないとか、まあ大方、そんなところだろう」

「そうだな。そうかも……」

「安心しろ。ハラグロを必要とする限り、私はハラグロのことを話したりはしない」

食べ終わったアメリカンドッグの棒を錦織へ向ける。

「いや、やっぱ、オレが心配してんのは、そんなことじゃなくて――」

「差し入れ、ご苦労」

輝夜《かぐや》は棒の入った紙袋を錦織に押しつけてきた。

「オレが捨てるってことか？」

「私は席を離れられないからな」

「へいへい」
☆

漫才甲子園《まんざいこうしえん》の開始時間が近づくに連れて、客席にパラパラと人が集まってきていた。高校生のグループが多く、全員、応援にきた参加者の友達と思われた。

「思ったより寒いな」

後方の出入り口付近から見渡しながら、錦織は独《ひと》りごちた。

十人を超える大人数の応援団で来ているのは紫苑高校《しおんこうこう》ぐらいなので、西村《にしむら》たちハチマキ集団は相当、目立ちそうだ。

「聞いたわ。やはり、輝夜真央《まお》が来たみたいね」

背後で声がした。

生徒会長の松島美紀《まつしまみき》と書記の舞《まい》が立っていた。二人とも休日だというのに制服姿だ。

「せ、生徒会長。こんにちは」

「あなたの情報どおりよ、錦織くん。さすがね」

「でも、来ているからといって、本当になにかをするとは限らないですが」

錦織は美紀の顔色を窺《うかが》う。

「単純に友達の応援に来ているだけかもしれないですよ。前に生徒会長に報告した時は、オレ、実はうちのクラスから漫才大会の本選に出場する生徒がいることを知らなくて。だから怪しいと報告したんだけど」

「六道《りくどう》さんと米倉《よねくら》さんのことは知っているわ。だけど、応援に来るほど、あの二人と輝夜真央《まお》が仲良くしているという情報はないもの。だから必ず違う理由があるのよ」

「それは確かに……」

錦織《にしきおり》は唇《くちびる》を噛《か》む。予防線を張っておこうかと思ったが、無理そうだ。

「それに、あの大きなスポーツバッグ。なにが入っているか分かったもんじゃないわ」

「応援グッズでも入っていればいいんですけどね」

美紀《みき》と舞《まい》が不審《ふしん》の目を輝夜《かぐや》の席に向けていた。

「なにを企《たくら》んでいるにしろ、紫苑高校《しおんこうこう》生徒会の名誉にかけて輝夜真央の暴挙を阻止するわ」

握りしめた拳《こぶし》をプルプル震《ふる》わせた。

「あっ、生徒会長、ここにいたっすか！」

一年A組の応援団を率いた西村《にしむら》が現れた。

「ごきげんよう、西村くん。どうかした？」

上級生の余裕の微笑《ほほえ》みを浮かべる。

「さっき生徒会長、ケーブルテレビ会社のスタッフと、お話しされておられましたよね？」

「ええ。以前、社のパーティで、父に紹介されたことがあるのよ」

「実は大会が始まる前にみんなで米倉《よねくら》さんたちを激励しにいこうってことになったんですが、準備用の建物は関係者以外立ち入り禁止なんすよ。それで、生徒会長の権限で、なんとか入れさせてもらえないかなあ……と」

「西村くん。あなたは私にルール違反の手助けをしろと言っているの？」

「まあ、ぶっちゃけると、そういうことになりますね」

怖い目をした美紀に、西村は悪びれた様子もなく言う。ある意味大したヤツだ。

「西村くん、あなたねえ……」

美紀は呆《あき》れた顔をしていたが、やがて首を縦に振った。

「いいでしょう。せっかくみんなで応援しに来てるわけだし。特別に、お願いしてあげる」

「やりぃ。さすが、生徒会長、話せるぜ」

「でも、これほどの大人数が一度に押しかけたら、他《ほか》の出演者に迷惑がかかるから。そうね、三人ずつくらいに分けて、ということになるけどいい？」

「分かりました。じゃあ、みんな、ジャンケンで順番を決めようぜ」

一年A組の大応援団による、ジャンケン大会が始まった。

「そういうわけで、私はしばらくこの場所を離れるから。舞、私のいない間の輝夜真央の監視、よろしくね」

「了解」

舞はゆっくりと頷《うなず》いた。

「錦織くんは舞の手助けをしてくれる？」

「あ、はい」

「じゃあ、お願い」

そう言い残すと、美紀《みき》は応援団を引き連れて会場を離れていってしまった。

「立っているのもしんどいから、座っていようか」

「あっ、はい」

観客席の最後列の通路沿いに並んで座る。

やや緊張《きんちょう》気味に、舞《まい》の隣の席に腰《こし》を下ろす。舞と二人っきりになるのは初めてだ。

舞がバッグから出したオペラグラスを構えて、輝夜《かぐや》に向けていた。美紀の命《めい》を、まじめに守っている。

「ええっと舞先輩は……」

先に錦織《にしきおり》が沈黙に耐えられなくなった。

「先輩はなくていいわ」

「はあ。じゃあ……、舞さんで」

「はい」

舞はオペラグラスを下ろして錦織の方を向いた。

「いや、その……、舞さんはどうして生徒会に入ったんですか？」

不思議そうな表情を見せる。

「もしかして気を使わせちゃってる？」

「えっ、どうしてですか？」

「だって話題の振りが唐突《とうとつ》な感じだったから」

「そういうわけじゃ。だって、舞さんってバスケ部で活躍していたって聞いたことがあるから。なんで辞《や》めて生徒会に入ったのかなと」

錦織は焦りながら答える。

（この人、頭《あたま》も切れそうだな……）

下手《へた》なことは言えない、と少し警戒《けいかい》する。

「ふ——ん、まあいいけど。生徒会に入ったのは美紀がいるから」

「えっ？　美紀……？」

「あ、ゴメン。私、生徒会長とは幼馴染《おさななじ》みなんで、プライベートだと呼び捨てが多いのよ」

「あ、そうなんですか」

錦織は頷《うなず》きながらエア手帳にその情報を書きこむ。

「美紀ってしっかりしているようで、意外と弱いところがあるのよ。あっ、これは美紀には言っちゃダメよ」

舞は唇《くちびる》に指を当てて微笑《ほほえ》む。片えくぼが浮かんでいた。

「だから一緒に生徒会に入って、美紀の力になれたらって思って」

「そういうことですか」

それなら美紀《みき》と並ぶ人気にも拘《かか》わらず、生徒会長になろうとしないのも分かる。

舞《まい》はもう一度、オペラグラスを持ち上げる。輝夜《かぐや》に向けながらポツリと呟《つぶや》いた。

「実は私、中学校の時は、バスケ一筋だったの」

「東山《ひがしやま》中の女子バスケ部のエースだったんですよね」

「詳《くわ》しいわね。美紀から何度か生徒会に入らないかと誘われたのに断っていたのよ。その時の私は、とにかくバスケが楽しかったから」

舞は淡々とした口調で続ける。

「美紀が生徒会長をしていた時、生徒会が輝夜さんにやっつけられたって話、したじゃない。美紀ったらあんな風な言い方をしていたけど、結構、落ちこんでたのよ。一人で泣いちゃったりしてたし」

「あの生徒会長がですか？」

錦織《にしきおり》はちょっと想像できなかった。

「だから同じ高校に進学した時、高校では私が助けになりたいと思ったの。中学じゃなにもできなかったから」

「なるほど」

「今度は輝夜さんから美紀を守るわ」

声が真剣だった。錦織は唇《くちびる》を軽く噛《か》む。舞や美紀の気持ちは分かるが、輝夜のことを悪く言われるのも辛《つら》いものがある。

「錦織くんはどうしてクラス委員に？」

「えっと、オレは……」

ピシャンと〝ゆーとーせい〟の鉄仮面《てつかめん》を装備した。

「一年A組の期待に応《こた》えるために立候補しました」

「そう」

舞はもう一度オペラグラスを下ろして、微笑《ほほえ》んで見せる。

「人それぞれ、色んな動機があるものね。美紀は人の上に立つのが好きだから、生徒会長をやっているのだけど」

（オフィシャルでそういうのって、ありなんだ！）

錦織は美紀に親近感を覚えてくる。

「美紀は錦織くんを結構、気に入っているみたいだし、錦織くんがその気なら生徒会に入ることができるかもしれない。その時はよろしくね」

「は、はいっ」

差し出された舞の手を錦織は握り返した。

「ちょっとゴメン」

舞が慌《あわ》ててオペラグラスを構えた。

（あっ……）

立ち上がった輝夜《かぐや》がスポーツバッグを置いて、席を離れようとしていた。スカイランドスーパーステージの外にあるトイレの建物の方向へ歩いていく。

「錦織《にしきおり》くん……」

オペラグラスを構えたまま、舞《まい》は囁《ささや》くように言った。

「私がこれからすることは、たぶん、許されないことなんだけど、錦織くんにはそれを見て見ぬフリをしてほしい」

「な、なにをするつもりですか？」

「あのスポーツバッグの中身を調べるわ」

「!?」

「もしあの中に輝夜さんが企《たくら》んでいる陰謀《いんぼう》の証拠が入っていたら、それを阻止することができるかもしれない」

陰謀の証拠なんて入っていない。バッグにはメディアジャックで使うフリップボードが入っているだけ。でも、それを錦織は言えない。

「美紀《みき》がこの場にいたらきっとやっているはずだから。だからゴメン、止めないでね」

舞は席を立つと、輝夜の席に向かって通路を下っていく。錦織もそれを追いかけた。

「もしかして邪魔するつもり？」

　舞が通路を下りながら、チラッと後ろを振りかえった。

「輝夜がなにを企んでいるかは、オレも興味があるので。一緒に調べていいですか？」

「いいわ。証人になってもらいたいし」

　舞はそのまま席に向かうと、スポーツバッグの前に腰《こし》を下ろした。眉《まゆ》一つ動かさず、落ち着いた動作でチャックを開ける。舞と一緒に、錦織も覗《のぞ》きこんだ。

　中身はやはりフリップボードだった。

「なにこれ？」

　舞はフリップボードを一枚バッグから取り出して首を傾《かし》げた。並んだ意味不明な文字。輝夜の演説を目《ま》の当たりにしたことがないと、なにに使うのかも分からないだろう。

「ああ、それなら輝夜はいつも持ち歩いていますよ」

「そうなの？　信じられない」

　舞は、『大衆はコブタだ！』と書かれたフリップをかざして呆《あき》れていた。

「そ、そんなとんでもないモノは、入ってなさそうじゃないですか？」

「さあ、分かんないわよ」

　舞はフリップの山のさらに下に手を入れて、ゴソゴソと動かす。

（まずいなあ……）

　錦織は唇《くちびる》を噛《か》んで顔を上げた。

「げっ！」

ステージの外のトイレから輝夜《かぐや》が出て来るのが見えたのだ。

「舞《まい》さん、まずいですよ。輝夜が戻ってきますよ」

「ちょっと待って、もう少しだから」

「舞さん！」

仕方なく、錦織《にしきおり》は舞が輝夜から見えないように立つ。

「先輩、もう諦《あきら》めましょうって」

「うん、これを確認したら終わりだから」

舞がバッグから黒っぽいモノを取り出した。錦織から血の気が引いた。

舞が取り出したのは手帳だった。黒い革製で、表紙に金糸《きんし》の刺繍《ししゅう》で『EIKOUNO KISEKI』と書かれている。

胸《むね》の鼓動《こどう》が一気に速まった。

「面白そうね」

舞は手帳をポケットに入れると、素早くバッグのチャックを閉める。

「錦織くん。輝夜さんのフォロー、頼んだわ」

輝夜が向かってくるのとは反対の方向に立ち去っていく。

「いや、そのっ！」

「どうしたハラグロ？」

背後から輝夜の声。錦織はカクカクと古いからくり人形のような動きで、振りかえった。

「どうした、顔色が悪いぞ。なにかあったのか？」

「ああ。やばいことになった……。閣下《かっか》、オレの例の手帳、バッグに入れていたか？」

「ああ？　そうだったかもな。だってお前がもっと大切に扱えと言うから」

「大切にしろとは言ったが、いつも持ち歩けとは言ってないぞ！　やっぱ、そうだよな。

……やっちまったぁ」

「それがどうした？　なにかあったのか？」

「すまん。後で説明すっから！」

錦織は踵《きびす》を返した。

舞が去った方向へ走る。

「やべっ。やばすぎるっ！」

あの手帳が錦織の書いたモノとバレでもしたら……。今まで錦織が築《きず》いてきたクールな〝ゆーとーせい〟のイメージは崩壊する。

『見そこなったぜ、錦織』

『今まで騙《だま》してたんだな』

脳裏《のうり》に浮かぶクラスメイトたちの怒りの形相《ぎょうそう》。生徒会への進出どころか、来期のクラス委員も危うい。

パニックを起こしそうな頭《あたま》に、「落ち着け、落ち着け」、と言い聞かせながら、雑踏《ざっとう》に消えた舞《まい》の姿を捜す。

「錦織《にしきおり》くん、こっちこっち」

近くの自販機の陰《かげ》から声がした。『栄光《えいこう》の軌跡《きせき》』を手にした舞が立っていた。

「輝夜《かぐや》さんに怪しまれなかった？」

「い、いや、普通に誤魔化《ごまか》せましたよ」

錦織は冷静を装う。舞の反応に、若干、安堵《あんど》する。まだ、バレてはいなさそうだ。

「で、そ、それ、なんだったんですか？」

「ざっと読んだ感じ、輝夜さんの日記、というか紫苑高校《しおんこうこう》で権力を得るためのノウハウと、生徒のプロファイリングが書かれているようね」

「……」

額《ひたい》から一気に汗が噴き出した。実際には書いたのは輝夜ではなく錦織なのだ。

（ま、まずい……）

今はまだ、舞は手帳が輝夜のモノと信じきっている。だが、しっかり読めば、輝夜の書いたモノだとすると矛盾が出てくるはずだ。〝輝夜が書いたモノなら、輝夜自身のプロファイリングが載っているはずがない〟のだ。

「そ、それ、オレが読んでもいいですか？」

「うんいいけど。錦織くん、大丈夫？　顔、真っ青だよ」

「も、問題ありません。いつもの軽い貧血です……」

震《ふる》える手で『栄光の軌跡』を受け取る。

パラパラとページをめくる。

見覚えのある文字、文章。どこになにが書いてあるのか、完璧《かんぺき》に分かる。当然だ。過去に錦織が書いたモノなのだから。

このまま持ち去りたい。あるいは読めないようにできないか。

錦織は血走った目で周囲を窺《うかが》う。

しかし舞が目の前にいるのに、手帳を一冊完全に消滅させることなど不可能だ。

（せめて、自分が特定される記述だけでも消去できれば……）

その『栄光の軌跡』の、文字が書かれている部分は約四十ページ。一学期の半ばに輝夜に奪われたことが幸いした。錦織はその全ページに書かれていることを把握《はあく》している。

（オレだとバレそうな箇所は……）
・入学式の時、新入生代表を務めた記述。
・中間試験で学年一位になったことの記述。
・クラス委員に選ばれたことの記述。

確実に分かるのはその三つ。後は〝輝夜真央《かぐやまお》の記述としてはおかしいが、誰《だれ》が書いたか特定はできない記述〟のはずだ。

(あの三箇所を含むページを破りさえすれば。一瞬でも先輩の注意が逸《そ》れてくれたら)

錦織《にしきおり》は手帳を読むフリをしながら、舞《まい》をチラチラと見る。

メールでも書いているのか、携帯電話のボタンを忙《せわ》しなく押している。だが、錦織の方を見ていないとはいえ、この距離で今、ページを破ったら確実に気づかれる。

それでも破りたいページを強く引っ張って、いつでも破れるようにテンションをかけた。

プルルル――。

舞の携帯電話が鳴った。

ピッ。

「もしもし、美紀《みき》?」

携帯電話を耳元に当てた舞の注意が逸れた。

(今だ!)

錦織はページを引っ張った。

シュッ――。

縫い目から綺麗《きれい》に切れたページをクシャクシャに丸めて、錦織は素早くポケットに入れる。

「ああ、もう、こんな時に呼び方なんていいから、早く戻ってきて。うん、そう。輝夜さんの秘密手帳を手に入れた」

舞が気がついた様子はない。電話しながら、錦織にウインクしてみせた。

(あと二枚！)

錦織は顔を真っ赤にしながら、残り二枚のページを同時に押さえていた。

(頼む。もう一度、チャンス、来てくれ)

ピッ。電話が終わる。

「美紀、すぐここに来るって」

「そ、そうですか」

「どう？　錦織くんが読んでみてなにか分かったことある？」

「い、いや……特に……」

引き攣《つ》った笑みを浮かべながら、錦織は頭《あたま》の中で舌打ちを連発していた。美紀が来て手帳が彼女の手に渡ったら、残りの二ページを破る機会はなくなってしまう。

(もう一度、先輩の注意を逸らせることができれば……)

「舞さん、この手帳なんですけど……」

錦織は手帳に視線を落としながら言う。

「これでなにが分かるんですか？　これがあっても輝夜真央が企《たくら》んでいるかもしれない、

恐るべき陰謀《いんぼう》が分かるとは思えませんが」

「それは美紀《みき》が考えると思うけど、輝夜《かぐや》さんが紫苑高校《しおんこうこう》をどうしようとしているか、学校のみんなをどんな風に見ているとか……、そういうことを公開して全校生徒に彼女がどんな人なのか伝えることは、彼女に対抗していく上で大事になるかもしれないでしょう？」

「そ、それはそうかもしれませんが、そのために、生徒会が輝夜の私物を勝手に調べたという問題は、あると思いますが」

「もちろん、そのことは公開して、みんなの判断を仰ぐことになるわね」

「なるほど……」

舞《まい》の注意が逸《そ》れない。錦織《にしきおり》が下手《へた》に会話を始めたために、むしろ難しくなった。

（この際、多少、強引でも仕方がないか……）

錦織は下を向いたまま、軽く唇《くちびる》を噛《か》んだ。

「そういえば、いきなりですけど、舞さんって片えくぼなんですね」

「えっ？」

舞は鳩《はと》が豆鉄砲を食ったような顔をする。

「いや、さっき、笑った時に気がついたんですけど、右のここ」

錦織は自分の頬《ほお》を指で押さえてみせた。

「う、うん。そうだけど、それがなにか？」

「いや、オレ、実は片えくぼの女性って魅力的だと思っていたから」

日頃《ひごろ》から練習している、爽《さわ》やかさマックスの笑みを作る。

「バカね。いきなり、なに言ってるの」

舞が、いつもクールな顔を少し赤くして横を向く。

(チャンス!)

錦織は手帳のページに乗せていた指を一気に引いた。片方のページが多少よれたが、そのまま引きちぎってポケットに突っこむ。

(よしっ!)

グッと拳《こぶし》を握りしめた。手帳の持ち主が錦織と確実に特定する情報はなくなったはずだ。

「舞、こんなところにいたの? 捜すのに苦労したわ!」

腰《こし》に手を当てた美紀が立っていた。イジケた幼い女の子みたいに、桃色の唇を小さく結んでいた。

「ゴメンゴメン。でも、あんまり目立つ場所はいやだったから」

「それで……輝夜真央《まお》の手帳って?」

「これです」

錦織は進んで美紀に手帳を渡す。

「『栄光《えいこう》の軌跡《きせき》』? ふざけた名前ね……」

パラパラとめくっていく。

最初はあまり興味がなさそうに飛ばし読みだったが、次第にじっくりと読み始める。

「ふんふん、ほ――。……これは使えそうじゃない」

美紀《みき》はちょっと八重歯《やえば》を見せた。

「これを公表すれば、輝夜真央《かぐやまお》に対する反感は高まるわ。さすがよ、舞《まい》、よくやったわ」

背の高い舞の背中《せなか》を、背伸びして労《ねぎら》うように叩《たた》いた。

「錦織《にしきおり》くんが手伝ってくれたのよ」

舞が片えくぼの微笑《ほほえ》みを、錦織へ向ける。

「錦織くんも、ありがとね」

「いや、オレは特になにも……」

錦織はジッと『栄光《えいこう》の軌跡《きせき》』に意識を集中させていた。

(もう、他《ほか》にないよな、絶対《ぜったい》に……)

四十ページ全《すべ》てを頭《あたま》の中で何度もリピートさせる。

記憶の欠損がない限り大丈夫のはず――。

「ん?」

ふいに美紀が首を傾《かし》げた
「不思議ね。三ページほど、破り取られたページがあるわ」

「えっ？　本当？」

舞が不思議そうな顔で受け取って、パラパラとめくる。

「ホントだ。私が見た時は、気がつかなかったけど……。錦織くんは？」

「オレも気づきませんでした」

心拍数《しんぱくすう》が再び、跳ね上がる。舞は「そう……」と納得してなさそうな顔をしていた。

「まあ、それは大した問題じゃないわ。その他の全てのページが、輝夜真央を糾弾《きゅうだん》するための証拠になるんだから」

美紀は手帳を閉じた。

「さっそく準備にかかった方がいいわね」

「二学期の最初の生徒会ニュースを使う？　それとも、学校新聞？」

「そんなに待てない。二学期が始まる前に、輝夜真央へ先制攻撃を仕掛けるの」

「始まる前にって、美紀、二学期は明日からよ」

「分かってるわよ、そんなこと！」

「ってことは、まさか今日？」

美紀は返事の代わりに不敵に笑う。携帯電話を取り出した。

「もしもし、お父様《さま》……？」

☆

錦織《にしきおり》がスカイステージに戻ると、『第一回漫才甲子園《まんざいこうしえん》』が始まろうとしていた。

観客席は出演者の応援や、見物の親子連れでそれなりに埋まりつつある。ステージではケーブルテレビ会社のスタッフが忙しそうに走り回り、撮影用カメラが三箇所に配置されていた。

「やっぱ、あれはそのままなのか……」

舞台のハリボテの秘密基地《ひみつきち》が、隠されることもなくそのまま設置されている。壁から吊《つ》るされた『第一回漫才甲子園』の看板がミスマッチだ。

「クラス委員殿、遅いじゃないか！」

観客席の中段に固まって座っていた一年A組の米倉《よねくら》応援団から、西村《にしむら》が飛び出してきた。

「ゴメン、ちょっとヤボ用で」

「まあいい。じゃあ魔王のことはお前に任せたぞ。席は空いているからな」

「ああ、分かってる」

錦織は小さく頷《うなず》く。どちらにしても、輝夜《かぐや》には言っておかないといけないことがある。

「遅かったじゃないか」

錦織が隣の席に座ると、輝夜はステージに顔を向けたまま言った。

「それでなにがあったんだ？」

「閣下《かっか》。後ろに西村たちがいる。その姿勢のまま聞いてくれ」

「うむ」

「今しがた、そのスポーツバッグを生徒会に調べられた」

「なにっ⁉」

輝夜がバッと錦織の方を向いた。

「ハラグロ、お前、それを妨害しなかったのか⁉」

「こっち見んな。それにバッグ、開けようとしなくていいから。フリップボードには手をつけられちゃいない」

「なんだ……そうか」

「だが、代わりに違うモノを取られた」

「なにか入っていたか？」

「オレの手帳……」

「‼」

輝夜が目を見開いて、再び錦織を見る。

「もしやお前の秘密が、生徒会にバレたのか？」

フリップボードを取られたと勘違いした時よりも慌《あわ》てた声のような気がした。

「いや……まだバレていない」

「しかし時間の問題ではないのか？」

「実はそのことで……、閣下《かっか》に謝らないといけないことがある」

「ん？」

「生徒会はあの手帳を閣下が書いたモノだと信じきっている。理由は、オレが隙《すき》を見て自分が特定される記述のあるページを手帳から破ったからだ」

「……」

「生徒会はその手帳の内容を学校で大々的に公表するそうだ。閣下を糾弾《きゅうだん》するネタに使うと。謝らないといけないことというのはそのことだ。……ゴメン」

隠蔽工作《いんぺいこうさく》をしている間は必死になっていたから、気がついていなかった。だが結果的に、錦織《にしきおり》は自分の書いた手帳の罪を、輝夜《かぐや》に押しつけたことになったのだ。

生徒会は手帳の件で輝夜を徹底的《てっていてき》に叩《たた》くつもりだ。錦織は途中で別れたので詳細《しょうさい》は不明だが、今も美紀《みき》と舞《まい》はその糾弾の方法を話し合っているはずだ。

結果的とはいえ、自分の罪を他人になすりつけることになるのは辛《つら》い。

「なんだ、そういうことか」

輝夜がポツリと言った。

「よかったじゃないか」

錦織はハッと輝夜を見た。輝夜は安堵《あんど》したように、深い息を吐いていた。

「な、なにが？　なにがよかったんだ!?」

「いや、生徒会はハラグロではなく、私が書いたと思っているのだろう？」

キョトンとして言う。

「ああ」

「だったら、そう思わせておけばいいという話だ」

「いいって、おまっ。生徒会は閣下を徹底的に叩くつもりだぜ。閣下は、閣下とは関係ないことで責められることになんだぞ」

「『新世界の構築』に人の恨《うら》み誹《そし》りはつきものだ。もともと敵は多いし、それに手帳のことが加わっても大勢には影響しないだろう」

「そういう問題かよ」

「むしろ、手帳が他《ほか》の生徒たちにバレたせいでハラグロが学校からいなくなる方が、私としては困る」

輝夜は唇《くちびる》を小さく綻《ほころ》ばせた。

（うっ）

微笑《ほほえ》みを思いっきり目に入れてしまい、錦織は胸《むね》にグッときた。輝夜の顔に、可愛《かわい》いとか綺麗《きれい》とかを超えた、別の次元の感情を感じてしまう。

(や、やべっ)

目に涙が浮かびそうになるのを必死で堪《こら》えた。

「閣下《かっか》……」

「勘違いするなよ。役に立たない参謀《さんぼう》でも、いないと作戦に支障をきたすからだ」

急に不機嫌《ふきげん》になってそっぽを向いてしまった。

「……」

「いつまでもこっちを見るな。生徒会よりも先にクラスの連中に私との関係がバレてしまうぞ」

「う、うむ」

錦織《にしきおり》はステージに視線を向ける。

ほんの少し睫毛《まつげ》を濡《ぬ》らした涙を、さりげなく指で拭《ぬぐ》う。

(でもこれでいいのか? 本当に?)

美紀《みき》たちが手帳を証拠に輝夜《かぐや》を責めた時、本当に知らぬ存ぜぬを貫いていいのか?

錦織の頭《あたま》の中では、そのことを問いただす声がいつまでもリフレインしていた。

「これより、第一回漫才甲子園《まんざいこうしえん》を開催いたします——」

○△ケーブルメディア主催《しゅさい》の漫才甲子園が時間どおり始まった。
司会は最近テレビで見かけなくなったローカル芸人とケーブルメディアの女子アナウンサーのペア。漫才の審査は遊園地の一般客から選ばれた審査員五人の採点の合計により五十点満点で競われるというものだ。

最初に選手入場。『栄冠は君に輝く』をBGMに、観客の拍手に迎えられながら総計二十組の参加者が行進してステージに集合する。演出などは一切《いっさい》なし。午前にやっていたヒーローショーのオープニングの方がまだ派手だった。

メイド服の六道《りくどう》と米倉《よねくら》がステージに現れると、拍手のボリュームが大きくなった。

「あ――――い――――！！！」

「ろくちゃ――――ん！！！」

西村《にしむら》らしき人物の嬌声《きようせい》が飛ぶと、六道がピースをして米倉は真っ赤な顔を下に向けていた。

選手入場が終わるとすぐに漫才が始まる。なにしろ持ち時間三分、二十組の漫才を、審査時間を入れて一時間半の番組に収めるのだ。かなりタイトなスケジュールである。

「ハラグロ……」

一組目の漫才が終わると、輝夜は不機嫌そうに腕《うで》を組んだ。

「こんなモノでいいのか？　こんなんで予選を突破できるのか⁉」

ステージでたった今まで洋ドラのパロディをしていた二人組の男子が、気まずそうな顔をしていた。

確かに漫才《まんざい》の間、会場からは笑いがまったく起こらなかった。むしろサムい場の雰囲気《ふんいき》や、スベリ続けるネタに、錦織《にしきおり》が笑いのツボを見出したくらいだ。

「あんなのでいいなら、なんのためにサイクロンやセクシーが練習したのか分からないぞ」

「いや、だから。声、でかい」

「声、でかいって」

一組目ということもあり、審査員からも辛めの点をつけられた二人は、かなり恐縮した顔でステージから消えていった。

「まさか全員、この程度のレベルなのか？」

「いや、さすがにそんなことはないと思うが……」

「ちゃんとやれば、あの二人が優勝する可能性だってあるな。……惜しいことだ」

輝夜《かぐや》は親指の爪を噛《か》む。

「そう思うんならやらせてみたら？　メディアジャックは次の機会にしてさ」

「いや、ダメだ。作戦は予定どおり実行する。このチャンスを逃したら、次はいつになるか分からないからな」

「左様《さよう》か。だったら仕方ない」

「サイクロンたちの出番はいつ頃《ごろ》だ？」

錦織は携帯電話のディスプレイに視線を落とした。

「たぶん……二時くらい」


その後も大会は滞りなく進んでいく。

漫才のレベルは時々、頭《ず》抜けた組があるが、それ以外はどこもどっこいどっこいだ。錦織は野次《やじ》を飛ばそうとする輝夜を何度も思いとどまらせた。

最初は頑張って場を盛り上げようとしていた司会者たちも、次第にやる気をなくしていた。出演者の応援以外の一般客は、次々と席を立っていく。残っている大半が一年A組の応援団、という有様《ありさま》だ。

そして——、ようやくエントリーナンバー十五番・六道《りくどう》たちの番が来た。錦織の予想した午後二時より、若干早い時間だった。

「次は紫苑高校《しおんこうこう》一年、ザ・メイドーズです」

女性司会者によるコメントなしの簡単な紹介が終わると、舞台の端から六道と米倉《よねくら》が小走りで現れた。

「ザ・メイドーズのあいふぉんです」

「サイクロンです」

ステージの中央で挨拶《あいさつ》。

プップー、ピロピロピー。後方から西村《にしむら》たちの鳴り物入りの応援が飛んだ。

輝夜《かぐや》がスポーツバッグのチャックを開けて、中からフリップボードの山を取り出す。

「行くぞ」

「最近、うちのご主人様、なんだか元気ないみたいなんだよね～」

六道《りくどう》がネタを振る。

フリップボードを抱えた、輝夜が立ち上がろうとする。

その時――。

「そこまで！」

鋭い声が飛び、ステージの端から美紀《みき》と舞《まい》が飛び出してきた。

(生徒会長!?)

錦織《にしきおり》はドキッとした。美紀の手に黒い手帳が握られているのだ。

「あ――、観客席のみなさま、そしてテレビの前のみなさま、こんにちは」

美紀はステージの中央に立って、フワフワのウエーブヘアを掻《か》き上げた。

「私は紫苑高校《しおんこうこう》生徒会の生徒会長で、報道部部長でもある松島《まつしま》美紀です」

(なんで生徒会長が?)

(出番だったのに……)

一年A組の応援団の席からそんな声が聞こえてくる。

「テレビの向こうのみなさま。これは放送事故ではありません。この時間を利用して、紫苑高校生徒会は我が校に関する問題提議を行います」

美紀が司会者側に視線を送った。呆然《ぼうぜん》と見ている司会の女子アナに、スタッフから小さな紙片が渡されていた。

「ど、どうやら、紫苑高校は代表の漫才《まんざい》と審査の時間を使って、生徒会のパフォーマンスを行うみたいです」

女子アナは戸惑いながら紙片を読み上げる。美紀が父親のコネを使って根回しをしたらしい。

（メディアジャックしようとしていた番組を先にメディアジャックされた！）

錦織の横ではフリップを胸《むね》に抱きしめたまま立ち上がれない輝夜が、悔しそうに唇《くちびる》を噛《か》んでいた。

「応援に来た一年A組のみなさんをはじめ、六道さんと米倉《よねくら》さんの漫才を楽しみにされていた方々には申し訳ないのですが、生徒会は一刻も早く、現在、紫苑高校に存在する危機を明らかにしたいのです。手遅れになる前に！」

美紀は客席を見渡すと、黒塗りの手帳を高々と掲《かか》げた。『栄光《えいこう》の軌跡《きせき》』と書かれた手帳。

「ここに一冊の手帳があります。これにはある人物が書いた、紫苑高校を転覆《てんぷく》させるための具体的計画や数多くの陰謀《いんぼう》が書かれています」

一年A組の応援席がざわついていた。ステージの後方で六道《りくどう》と米倉《よねくら》が驚《おどろ》きの表情を浮かべていた。二人とも、手帳がどうして生徒会長の手にあるのか理解できていなさそうだ。

「それだけではありません。クラスメイトや教師たちの個人情報や特徴、弱点などのプロファイリングがビッシリと書かれているのです！」

「なんだよ、それ」

「ある人物って誰《だれ》だよ」

応援団から聞こえる声が大きくなる。

錦織《にしきおり》は振りかえる。

クラスメイトたちが不審《ふしん》の表情を浮かべている。厳しい眼差《まなざ》しが美紀《みき》の手にしている手帳に向けられている。

全員の関心は今、その手帳が誰によって書かれたのか、にあるはず。

（ま、まずい……）

美紀は恐らくこの場で手帳の持ち主の名前を公表するだろう。

〝輝夜真央《かぐやまお》〟と。

その瞬間、クラスメイトたちの怒りは輝夜にぶつけられ、本当の持ち主である錦織の名は出ない。そうなることを、輝夜自身も認めている。

（でもそれでいいのか？　本当に？）

胸《むね》がグッと苦しくなる。

呼吸《こきゅう》ができなくなる。

いつもの喘息《ぜんそく》。だが決して屈辱的《くつじょくてき》な気持ちからなったわけではない。自分が受けるべき非難や反感を、輝夜が受けることになるのが心苦しい。

横の輝夜に視線を向ける。

悠然と美紀を見つめ、口元には小さく笑み。むしろ、この場を楽しんでいるかのような余裕すら感じられる。これから自分が錦織の代わりに糾弾《きゅうだん》されることを、堂々と待ち受けている。

（でもそれでいいのか？　本当に？）

錦織は再び自らに問う。

「では、この手帳を書いた人物は一体、誰なのか？　恐るべき計画を練っているのは誰なのか？」

美紀が観客席を見渡す。

「その生徒の名前は……」

ガタン――。

錦織は立ち上がった。

「ど、どうかしたのかしら、錦織《にしきおり》くん」

目を大きく見開いた美紀《みき》は、面食らった様子で手帳を読み上げるのを止める。錦織はステージと観客席の間に立ちはだかっていた。

「やめてください。生徒会長」

高まる鼓動《こどう》を抑えて、できるだけ静かに言う。

「その手帳を使って、その生徒を糾弾《きゅうだん》するのは間違っています」

「な、なにが？　なにが間違っているの？」

美紀は動揺《どうよう》を隠し、威厳《いげん》を保つように顎《あご》を少し上げる。

「なぜなら、手帳を書いたのは、生徒会長が考えている人物ではないからです」

「えっ⁉」

美紀は目を見開き、ステージの端に立つ舞《まい》を見ていた。舞は静かに目を細めるだけ。

観客席が再びざわめいていた。

「どういうことか、説明していただけるでしょうか？　錦織くん」

「その手帳は確かにその生徒の所持品の中から出てきましたが、だからといってその人物が書いたとは限りません」

「その可能性はあるけど、持ち主と筆者は同じと考えるのが自然だわ」

「しかし、百パーセントではありません」

「そこまで言うからには、なにか根拠があるのかしら？」

「それは……」


ドキン、ドキン――。


心臓の鼓動が耳鳴りのように頭《あたま》の中で響いていた。

全身から汗が噴出し、体温を根こそぎ奪っていくのが分かった。

（ここで自分の名前を出したら――）

小学生から築《きず》いてきたモノは脆《もろ》くも崩れる。紫苑高校《しおんこうこう》の頂点に立つという夢は潰《つい》え、クラスメイトたちからちやほやされることもなく、卒業するまでずっと冷たい目で見られることになるだろう。

もちろん、それは錦織が紫苑高校に残った場合にはだ。

恐らく学校にいられなくなる。六道《りくどう》、米倉《よねくら》のように、錦織の正体を既に知っている人がバックアップしてくれても、その他《ほか》多くの非難に耐えることは、できっこない。

（だとしても、これからも、自分の代わりに輝夜真央《かぐやまお》が他の人間に、責められるのを見ているのを我慢《がまん》するよりは――）

錦織は振りかえってクラスメイトたちの姿を見た。

全員、ポカンと口を開いて成り行きを見守っている。

ステージの六道《りくどう》と米倉《よねくら》。

二人とも祈るように両手を組んで下を向いている。

それから輝夜《かぐや》――。

輝夜は無表情で、ジッと錦織《にしきおり》を見ていた。

錦織は輝夜にしか見えないくらい微《かす》かな微笑《びしょう》を浮かべる。空虚だった輝夜の瞳《ひとみ》に光が戻るのを見ながら、錦織はステージの方向に向き直る。

「それは――」

(さようなら、オレの『栄光《えいこう》の軌跡《きせき》』!)

スッと大きく息を吸う。

刹那《せつな》――。

『ご来場のみなさま。これよりガンガル戦隊ショー、午後の部を開催いたします』

録音された女性の声がステージに流れる。

ガタガタガタという機械音と共に、誰《だれ》も乗っていないリフトが秘密基地《ひみつきち》の裏側から現れた。

キ――――――――――――――――ン。

スピーカーからハウリング音が飛ぶ。耳を押さえる観客。

『ワッハッハッハ――。来たなガンガル戦隊！　ここをお前たちの墓場にしてやる！』

誰もいない秘密基地から、鼓膜《こまく》を破らんばかりに増幅された怪獣の声が流れる。

シュドッドド――――ン。

高圧ガスが空気を裂く音。秘密基地の屋根から複数の火柱が上がる。

「なに？　どうなってるの！」

「なにが始まったんだ!?」

観客席がざわめく。

(ヒーローショーのアトラクション!?　でもなんで今!?)

立ち尽くす錦織。

「止めてもらってください！」

耳を押さえた美紀《みき》の叫び声。

同時だった。突然、秘密基地のセットの一部が、ボワッと派手に炎《ほのお》に包まれた。

演出用の火炎バーナーの放射方向に吊《つ》るされていた『第一回漫才甲子園《まんざいこうしえん》』の看板だ。可燃性の高い物質でできていたのか、一気に燃え上がった。

視界に橙色《だいだいいろ》の炎《ほのお》が大きく広がる。観客席から悲鳴が上がった。

「火事だ！」

「消火スタッフを！」

飛び交う声。

「避難してください、避難してください！」

テレビ会社のスタッフの声と共に、観客たちが蜘蛛《くも》の子を散らすようにステージから離れようとする。

看板を包みこんだ炎が、さらに秘密基地《ひみつきち》のハリボテのセットに燃え移ろうとしていた。

煉瓦《れんが》模様のダンボールと発泡スチロールでできた外壁が、黒い煙を上げて燻《くすぶ》り始める。

ステージの上から、司会者と審査員たちが逃げ始める。六道《りくどう》が米倉《よねくら》の手を引いて、観客席に向かって駆ける。

「せ、生徒会長たちも、早く、こっちへ！」

ステージに取り残された美紀《みき》と舞《まい》に、錦織《にしきおり》が叫ぶ。

風で煽《あお》られ炎に包まれた看板が揺れる。

吊《つ》り下げていた針金が、黒く焼け爛《ただ》れた発泡スチロールのセットから外れた。

角を下にして落下する看板。

ステージの床に激突して、真っ二つに割れた片方が美紀へ向かって反跳する。

「美紀！」

「あぶなっ……」

錦織が観客席からステージへ駆け上がり、美紀の小柄《こがら》な体を抱えて、タックルするように飛んだ。錦織が上になり、床に折り重なって転がる。

ガンガラガッシャン――。

美紀が一瞬前までいた場所に看板が落下し、派手な音を上げた。

「に、錦織くん……!?」

錦織の胸《むね》の下から狼狽《ろうばい》した美紀の声が聞こえた。

「あっ、すんません」

慌《あわ》てて立ち上がると、のぼせた顔の美紀が脱力したように四肢《しし》をダラリとさせていた。

「もしかして、苦しかったですか、先輩？」

「そ、そんなことはないわ」

錦織が差し出す手に掴《つか》まり、美紀は立ち上がる。錦織のすぐ後ろで未《いま》だに燃えている看板の半分を見て、息を吸いこんでいた。

「ありがとう……。錦織くん」

火照《ほて》った顔のまま錦織を見上げていた。

「美紀《みき》！」

舞《まい》が駆けてきた。真っ青な顔。体が震《ふる》えていた。

「大丈夫？　ケガはしてない？」

「錦織《にしきおり》くんのおかげで、私は大丈夫。舞こそケガは？」

「私も大丈夫だけど……」

舞が複雑な表情を錦織に向ける。どこか悔しそうに唇《くちびる》を噛《か》んでいた。

ガラガラガラ――。

秘密《ひみつ》基地《きち》のハリボテの外壁が、煙を上げながら次々と骨組みから落下し始めていた。接着剤が溶解していってるようだ。

「ステージから、離れてください」

ようやくやってきた消火器を持った遊園地のスタッフが、叫びながらセットの方へ向かっていく。

「錦織くん、そこから下りた方がいいよ！」

観客席側に避難していた六道《りくどう》が、ハラハラした表情で手招きしていた。

美紀、舞と一緒にステージから下りた錦織の横をスッと、逆方向に誰《だれ》かが上っていった。

ステージの上でリボンで結ばれた長い髪《かみ》が揺れる。

「か、輝夜《かぐや》？」

輝夜《かぐや》はスタッフと一緒に、まだ燃えているセットの方向へ駆けようとしていた。

「お、おいっ！」

反射的に錦織《にしきおり》もステージに上がる。

「錦織くん！」

六道《りくどう》たちの止める声を無視して輝夜を追いかけた。

輝夜は燃え盛《さか》るセットの方へ向かっていき、急に立ち止まった。追いついた錦織が、その肩に手をかける。

「閣下《かっか》、なにする気だ？　まさか炎《ほのお》をバックに演説でも始める気か⁉」

輝夜は錦織を無視してその場にしゃがむ。床の上に落ちていた黒いモノを拾い上げた。

橙《だいだいいろ》色の炎に照らされて、『ＥＩＫＯＵＮＯ　ＫＩＳＥＫＩ』と刺繍《ししゅう》された文字が照り輝く。

「しまっ⁉」

観客席から、自分の手に手帳がないことに気がついた美紀《みき》の声が聞こえた。

「おまっ、そんなモノのために炎にダイブかよ！」

「これは私のモノだからな」

輝夜が満足そうな微笑《ほほえ》みを錦織に向ける。その時、
シュパ――――ン――――。

炎の揺れるセットから新たな爆発音が起こる。落下したハリボテの炎が、さらになにか

に燃え移ったようだ。錦織は輝夜の腕《うで》を掴《つか》んだ。

「閣下、もういいよな？　避難しようぜ」

「うむ」

輝夜の腕を引いて、ステージを走って戻る。

「錦織くん、閣下、大丈夫？」

観客席で六道と米倉《よねくら》が心配そうな顔で出迎えた。

「うん、大丈夫だ。傷一つついていない」

輝夜が『栄光《えいこう》の軌跡《きせき》』を服の袖《そで》で拭《ふ》きながら、見当違いな返答をする。

「輝夜真央《まお》！　それを返しなさい」

美紀が唇《くちびる》を噛《か》みしめながら、輝夜の手の中にある手帳を睨《にら》みつけた。

「ダメだ。これは私のモノだ」

輝夜は首を振って、『栄光の軌跡』を席に置いておいたフリップボードと一緒にスポーツバッグへ戻そうとする。

今にも輝夜に飛びつきそうな勢いの美紀を、舞《まい》が肩を掴んで止めていた。

「たった今、スカイランド遊園地で火事が発生しました。この時間は予定を変更して現場からの中継を行いたいと思います」

司会をしていた女子アナウンサーが、スタッフの構えるハンディカメラに向かって興奮《こうふん》気味に話していた。消火器を持った遊園地のスタッフがステージに上がり始めている。生放送の空いた時間を火事とその消火活動の報道で埋めるつもりらしい。

輝夜《かぐや》の目がキラリと光った。収めようとしていたフリップボードを取り出し、カメラに猛ダッシュで向かっていく。

この期《ご》に及んで、まだメディアジャックを諦《あきら》めていないらしい。フリップを構えてカメラとアナウンサーの間に割りこもうとするのを、アシスタントの男性に止められていた。

「待ちなさい、輝夜真央《まお》！」

「今日のところは諦めましょう」

グルルル——、と唸《うな》る美紀《みき》を、舞《まい》が落ち着かせようとする。

「分かったわよ。今日のところは見逃すことにするわ」

輝夜の背中《せなか》を睨《にら》みつけながら、穴が開きそうなくらい唇《くちびる》を強く噛《か》んでいた。

「舞！　紫苑高校《しおんこうこう》の生徒の無事をチェックした方がいいわね。生徒会として」

「そうね」

スタッフに従って、他《ほか》の観客と一緒に一年A組の応援団も避難したはずだ。火事はステージだけですんでいるので心配はないはずだが一応ということだろう。

「あと、あと、錦織《にしきおり》くん！」

「は、はい！」

「なぜあの時、私が輝夜真央を糾弾《きゅうだん》しようとしたのを止めたのか？　なぜあの手帳を書いたのは輝夜真央ではないと嘘《うそ》を言ったのか、後日、聞かせてもらうから。身を挺《てい》して助けてくれたことには感謝するけど、それとこれとは別よ」

「は、はい」

「じゃあ、舞。避難した生徒に一度、集まってもらいましょう。みんな近くにいると思うけど、いないようなら園内放送をしてもらうのよ」

「了解」

「錦織くんたちも集まりなさいよ。輝夜真央も連れてくるように」

美紀は舞を引き連れて行ってしまった。

「ふ――、色――んな意味で助かったね」

美紀の姿が消えると、六道《りくどう》が呆然《ぼうぜん》としていた錦織の背中をバンッと叩《たた》いた。

「スタタタ先輩が手帳を持っているのを見た時、本当にビックリしたんだよ」

「私も驚《おどろ》きました」

二人とも心配そうな表情を浮かべていた。

「連絡できなくて、悪かった。実は二人がメイドに変身している間に色々あったんだよ」

「と、いいますと？」

「話せば長くなるんで、詳《くわ》しくはまた今度。でも、まあ、終わりよければ全《すべ》てよしで」

錦織《にしきおり》は手帳を再び手に入れた輝夜《かぐや》の方へチラッと目を向けた。

「火事の原因はなんだったのですか？　止めてあるはずのステージショー用の装置が、動いていたってことでしょうか？」

米倉《よねくら》が不審《ふしん》そうに言う。

「ああ、まあ、それはそうなんだけど……」

遊園地のスタッフに消火剤をかけられ、鎮火しつつあるハリボテのセットを、錦織は漫然と視界に映し続けていた。

（偶然なのか？　本当に？）

手帳の筆者が錦織であると告げようとしたのと同時だった。たまたま、その時刻が普段のショーの開始時間だったから、かもしれない。しかし。

（ゲリラ豪雨《ごうう》の時も、花火の時もそうだった。もしかしたらあの聖剣《せいけん》だって——）

錦織は後ろを振りかえる。

輝夜はまだケーブルテレビ会社のスタッフと、鍔迫《つばぜ》り合いを繰り広げていた。なんとかカメラに映ろうとする輝夜を、アシスタントが必死で止めようとしている。

（いや……、まさかな……）

浮かんだ考えを頭《あたま》から追い出すように錦織は首を振る。しかし、その考えはしっかりと脳裏《のうり》に根付いてしまい、なかなか出ていきそうにない。

「錦織くん？　どうかしたの？」

「どこかケガでもしたのですか？」

心配そうな顔の六道《りくどう》と米倉に、錦織は肩をすくめて輝夜を指差す。

「そろそろドクターストップをかけないと、後で面倒なことになりそうだなと思って」

「参謀《さんぼう》、よろしくっ！」

ビシッと敬礼《けいれい》ポーズをする六道。

「……。まっ、いいんだけどな」

錦織は耳の後ろを掻《か》きながら、輝夜に向かって歩き出す。またおかしな想像が頭の中を巡り始める。

(え――――い、この考えストップ!!　ストップだ！)

錦織は自分に言い聞かせる。

夏休みは残り半日を切っている。もし今、考え始めたら、ズルズルと明日の朝まで考えこんでしまうに違いない。錦織でも、できれば新学期は新鮮な気持ちで迎えたいのだ。だから疑問も謎《なぞ》も全部、考えるのは明日からだ――。

しかし。

そうは思っても、頭の中で巨大な根を張りながら拡大する輝夜真央《まお》に関する想像を、錦織にはどうやっても止めることはできそうになかった。

エピローグ

夏休み最後の日曜日にスカイランド遊園地で発生した火事は、幸い死傷者が出ることもなく、夕方のニュースと新聞の地方版の片隅を賑《にぎ》わす程度で終わった。遊園地は翌日には再開。ステージ半壊でヒーローショーは休止となったが、よりビッグになって帰ってくることをガンガル戦隊のお兄さんがチラシで約束していた。

ケーブルテレビのチャンネルでは消火活動の様子が生放送されたが、残念ながらスタッフの妨害のせいで輝夜《かぐや》の演説はほとんどお茶の間に流されることはなかったという。

こうして色々あった夏休みが終わり、二学期が始まろうとしていた。

「錦織《にしきおり》くん。丁度、あなたのところへ行こうと思っていました」

午前で終わった二学期初日の放課後。秘密基地《ひみつきち》へ向かおうと三階の廊下《ろうか》を歩いていた錦織の前に、美紀《みき》と舞《まい》が現れた。

長袖《ながそで》の制服に衣替えした二人に新鮮な印象を覚えつつ、錦織はビシッと背筋を伸ばす。

美紀には手帳のことで説明するように言われていたからだ。

「な、なんのご用でしょうか」

「はい、これ」

美紀は薄桃色の巾着《きんちゃく》を渡してきた。

「？？」

「お礼よ。昨日、助けていただいたことへの」

「そんなお礼なんて」

「金目《かねめ》のモノが入っているわけじゃないから、遠慮《えんりょ》することないわ。中身はクッキーです。私が焼いた」

「それは……ありがとうございます」

どうやら今のところは、昨日のパフォーマンスを邪魔した理由を問われることはなさそうだ。錦織は軽く微笑《ほほえ》んで頭《あたま》を下げる。すると美紀は戸惑ったような表情になって、急にスタタタと錦織から離れた。

「じゃあ、私は生徒会がありますから」

踵《きびす》を返してそのまま行きかけたが、途中で止まり、振りかえった。

「あなたが生徒会のメンバーになるのを、楽しみにしてるわ」

それだけ言うと、またスタタタと高速歩きで去っていった。

いつもと違い、美紀《みき》についていかなかった舞《まい》が、腕《うで》を組んだまま残っていた。

「あの手帳だけど……、書いたの錦織《にしきおり》くんでしょ」

ドキリ。一瞬、錦織はその場の空気が凍りついた気がした。

「な、なんのことですか？」

「誤魔化《ごまか》してもダメ。私、あの手帳の中で、書いたのが錦織くんだと断言できる記述を見つけたの」

ハッタリだ。錦織と特定できるページは全《すべ》て破ったのだから。

「たぶん、錦織くんは手帳のどこになにが書いてあるのか完璧《かんぺき》に記憶していて、そのページは破ったんでしょう？　片えくぼが好き、とか言って私をからかった時に」

「……」

やはりバレていたか、と錦織は思う。頭《あたま》のいい人だから、あの場は誤魔化せてもすぐに疑惑を持たれるとは考えていた。

「でも、錦織くんにも把握《はあく》できっこないページがあった……」

舞が一枚の紙片を取り出した。あの手帳のページを破った紙によく似ている。

「美紀に内緒で一枚ページを破っておいたの」

そう言って、青い顔の錦織に紙片を見せてくる。

『五月二十七日。錦織貴《たかし》からこの手帳を奪取。代わりに私が日記をつけることにする』

輝夜《かぐや》の文字だ。輝夜は、奪った『栄光《えいこう》の軌跡《きせき》』に自分の日記をつけていたのだ。

『五月二十八日。今日も学校は実に退屈だった』

『五月二十九日。朝から学校に行っ　』

「たった三日かよ！　しかも随分と中途半端なところで終わってるし！」

思わずツッコミを入れてしまう。そして……、舞の言葉の意味が分かった。

「錦織くんも、奪われた手帳に新たに書き加えられた輝夜さんの日記までは把握できなかった、ということ」

「それ、どう読んでも日記とは言えませんけどね。三日坊主ですらない」

でもそれが、いかにも輝夜らしいと錦織は思う。

「でも安心して、錦織くん。あなたの本性があの手帳に書いてあるとおりだとしても、あなたが輝夜さんとどういう関係にあるとしても、そのことを美紀に話したりはしない」

「どうしてですか？」

「美紀、錦織くんのことを気に入っちゃったみたいだし。それに、あなたは美紀を助けてくれたから。あの時、私、動けなかった。高校では美紀のことを守るって決めていたのに」

舞は寂しそうに目を細めた。

「だから今回のことは忘れてあげる。でも、いつか錦織くんが美紀を不幸にするようなことがあったら、容赦《ようしゃ》しないから」

舞《まい》は錦織《にしきおり》の肩を軽く掴《つか》み、ギュッと力をこめ、顔をしかめる錦織の横を通り過ぎていこうとする。

「あの、舞さん。今の話で一つだけ訂正が……」

「なに？」

「いや。片えくぼが好きなのは嘘《うそ》じゃないです」


「遅いぞ、ハラグロ。最近、遅刻が常習化してないか？　たるんどる！」

秘密基地《ひみつきち》の入り口をくぐると、さっそく輝夜《かぐや》の怒りの声が飛んできた。

「ホント、ホント。最近、いつも六道《りくどう》たちの方が先に来てるよねえ」

「そうですね」

六道と米倉《よねくら》もいつもの席に座っていた。

「メンゴメンゴ。その代わりこれ、差し入れ。クッキー」

錦織は、机の上に巾着《きんちゃく》を置いた。

「わー、これ手作りだね。誰《だれ》が焼いたの？　妹さん？」

「生徒会長から。昨日のお礼だって」

「へえ。スタタタ先輩、ああ見えて結構、マメなんだ」

「紅茶のクッキーですね。いい香りです」

「うむ、なかなか美味《おい》しいな。このクッキー」

女の子たちがスゴイ勢いで巾着の中のクッッキーをつまんでいく。

「閣下《かっか》、おまっ、よく自分の宿敵が作ったクッキーをそんなに美味しそうに食べられるな」

「クッキーにづみはないだろほう?」

「いや、だから、前から食い物を頬張《ほおば》ったまま喋《しゃべ》るなって言ってるだろう?　あーあー、破片が口から落ちてる。貴重な手作りクッキーが……」

錦織は眉《まゆ》を顰《ひそ》めて、口から飛び散ったクッキーの破片が落下した机の上を見る。

——なにやら黒いモノが見えた。真っ黒の革の手帳だ。

「ってか、なんでそれがそんなとこに、しかも無造作に置かれてんだよ。そんな風に扱うから人に取られるんじゃないか。汚れる汚れる！」

錦織は手帳に手を伸ばす。だが、先に輝夜がひょいっと持ち上げた。

「油断も隙《すき》もないな。これは私のモノだぞ」

「クッキーで汚れた手で触らない！」

タッチの差で奪えなかった自分の手を、錦織は悔しそうな目で見た。

「別に閣下のモノでもいいからさ。二度と誰かに取られないようにしてくれ。頼むから」

「ああ、分かった。また自宅のどこかに隠しておくとしよう」

「それで、またどこに隠したか忘れるわけだな。せっかく一度は取り返したのに、どうしてまた取られてしまったんだろ、オレ」

「ゴホンゴホン」と、六道《りくどう》が咳払《せきばら》いをしていた。

「もし、取られてなかったら、新学期早々、こんなところに来ることもなかったのに……」

錦織《にしきおり》がそんなことを言っていたら、輝夜《かぐや》がポンと手を叩《たた》いた。

「そういえばハラグロ。お前に、大切なことを教えるのを忘れていた」

「は？　なんかあったっけ？」

「サイクロンもセクシーも、この手帳があるからハラグロは私に従っていると思っているようだが、そんなことはない。こんな手帳がなくてもハラグロは私には逆らえないのだ」

「そうか。その理由、教えてもらってなかったね」

「そういえばそうでしたわね」

「ってか、そんなモノないんだよ。手帳がなかったら、オレは閣下《かっか》になんか従わないぞ」

「それはどうかな」

輝夜が立ち上がって接近してきた。ニュッと顔を錦織の方に伸ばした。

「んだよ……」

少し赤くなった顔を、横に向けようとする錦織。その時――。

シャキ――――ン！

背中《せなか》から指し棒を二本抜いて、二刀流で構えた。そのまま見下すような目つきで錦織の頬《ほお》をペチペチと叩き始めた。

「ちょっ、いきなりかよ」

最初から、うっ、ときた。うっ、と。

ペチペチペチペチ――。

叩き続ける指し棒。なにかがいつもと違う。それは無言。囁《ささや》き攻撃なし。輝夜は無言のまま、汚いモノでも見るような軽蔑《けいべつ》の眼差《まなざ》しを錦織に向けて指し棒で叩いているのだ。

「無言はやめて、無言は――！」

錦織は喉《のど》を掻《か》きむしりながら椅子《いす》から転げ落ちた。輝夜は倒れた錦織の胸《むね》の上に馬乗りになって、無言のペチペチ攻撃を続ける。

「う――、が――――、げふう。もうやめて、輝夜。ほ、ほら。めくれ上がったスカートから、パンツ見えちゃってるよー！」

苦しみのあまり錦織が女の子口調になっても、輝夜は無言で叩き続ける。

六道と米倉《よねくら》がハッと顔を見合わせた。

「これが、錦織くんが閣下に逆らえない理由!?」

「なるほど。そういうことですか」

「ってか、なに納得してんの？　見てないで助けて——！」

叫びながら錦織《にしきおり》にも理解できた。

確かに、手帳がなくても錦織は輝夜《かぐや》に逆らうことはできないのだ。喘息《ぜんそく》という弱点がある限り、輝夜はいつだって錦織を屈服させることができる。弱肉強食の生態系のピラミッドにおいて、錦織は輝夜の下層に存在するのだ。服従しないと、すぐに食べられてしまうのだ。

だが——。

それだけではないことも、錦織は心のどこかで気がつきつつあった。

弱みがなくても、
指し棒で脅迫《きょうはく》されなくても、
この場所から出ていくことはないことを……。


ペチペチペチペチ——。

「ぐうう、はああ、だから！　無言で叩《たた》くのはやめてー！　もうパンツ見ないから——！」

朦朧《もうろう》となった錦織の叫び声が、いつまでも秘密基地《ひみつきち》の中に響き渡っていた。

かぐや魔王式《まおしき》！第3式　つづく

あとがき

三ヶ月ぶりになります。月見草平《つきみそうへい》です。

「かぐや魔王式《まおしき》！」の三巻、いよいよ登場です。今回も舞台は夏。終わらない夏……。今回はあんまし水着は出てきませんが、メイド服は出てきます。お楽しみに。

さてさて、恒例の月見の担当・「ひろぽん」さまのお話を。

「ひろぽん」と言えば、正式名称はメタンフェタミンという、使用法を誤るとお巡りさんの厄介になるような、ちょっと危ない薬品です。語源は「疲労がぽんと取れる」だとか、ギリシア語の「ヒロポナス（労働を愛する）」だとか言われています。

どちらにしてもモリモリ仕事をしていそうな感じですが、実際、「ひろぽん」さまは仕事の鬼。朝の四時に『3巻ブレインストーミング』とかいう、サブジェクトのメールが届いていたりするくらいモリモリです。感謝感激。性格がちょっとSでもオッケーです。

謝辞です。まずはやはり担当のひろぽんさま。絵師の水沢深森《みずさわみもり》さま（壁紙サンクスです）、装丁さま、校正さま、編集長さま、ありがとうございました。

そして最後に、この本を手にとって下さった読者の皆様に感謝を。

月見　草平

こんにちわ、挿絵を担当させていただきました、水沢深森です。

二式に引き続き、今回の近況漫画も、ひろぽんがラフ切ってくれたのですが…！…ガッ！

おかしいくらい実話ですね。あれ？おっかしいなぁ？

「こんなに仲良しなのに、こんなに軽くあしらわれているって！！なぜ？！」と思ったんですが
きっとこれ、ひろぽん流の照れ隠しだね！なんだよあいつ！素直じゃないぜ！

そんなわけで、月見ん先生、三式発売おめでとうございます！

六道は相変わらず冴えきっておりますが、今回初めて正式に、出番があった梢ちゃんの可愛さに、
めまいがしました！妹可愛いよ、妹。

四式も楽しみにしております v そして私も頑張ります！

かぐや魔王式《まおしき》！第3式

発行　2009年4月30日　初版第一刷発行

著者　月見草平

発行人　三坂泰二

発行所　株式会社
メディアファクトリー
〒104-0061
東京都中央区銀座8-4-17
電話　0570-002-001
（カスタマーサポートセンター）

印刷・製本　株式会社廣済堂

Printed in Japan
ISBN 978-4-8401-2757-8 C0193

MF文庫J

ファンレター、作品のご感想は
あて先：〒150-0002　東京都渋谷区渋谷3-3-5 NBF渋谷イースト
メディアファクトリー　MF文庫J編集部気付
「月見草平 先生」係　「水沢深森 先生」係